Wohin die bedingungslose Besessenheit eines Hausmeisters führen kann, das – und mehr – zeigt uns Petra Hammesfahr in ihren suggestiven und fesselnden Geschichten. Sie erzeugt ein Grauen, das den Leser nicht mehr loslassen wird – auch wenn die Gänsehaut schon verschwunden ist.

Petra Hammesfahr, geboren 1952, lebt als Schriftstellerin und Drehbuchautorin in Kerpen bei Köln. Mit Romanen wie «Die Sünderin» (rororo 22755), «Der Puppengräber» (rororo 22528) und «Die Mutter» (rororo 22992), für den sie den ersten Frauen-Krimipreis der Stadt Wiesbaden erhielt, eroberte sie sich die Plätze auf den Bestsellerlisten und fordert immer wieder Vergleiche mit Patricia Highsmith und Stephen King heraus. Zuletzt erschien im Rowohlt Taschenbuch Verlag «Meineid» (rororo 22941).

Petra Hammesfahr

Der Ausbruch

Erzählungen

Rowohlt Taschenbuch Verlag

Veröffentlicht im Rowohlt Taschenbuch
Verlag GmbH, Reinbek bei Hamburg,
Juli 2001
Copyright © 2001 by Rowohlt Taschenbuch
Verlag GmbH, Reinbek bei Hamburg
Copyright © by Petra Hammesfahr
Umschlaggestaltung Susanne Heeder
(Foto: photonica / Kamil Vojnar)
Satz Palatino PostScript (PageOne)
Gesamtherstellung Clausen & Bosse, Leck
Printed in Germany
ISBN 3 499 33176 4

Die Schreibweise entspricht den Regeln
der neuen Rechtschreibung.

Inhalt

Der Ausbruch

Es gab einen ganz bestimmten Augenblick in seinem Tagesablauf, den Harry mehr hasste als alles andere. Er hasste ihn nicht einfach nur, er fürchtete ihn gleichzeitig. Das war der Moment, in dem Nina aus der Küche ins Wohnzimmer kam, meist so kurz nach acht.

Harry saß dann regelmäßig vor dem Fernseher und versuchte, sich auf das aktuelle Weltgeschehen zu konzentrieren. Nina war mit dem letzten Abwasch fertig, hatte ihre Hände besonders gründlich abgetrocknet und cremte sie jetzt ein. Und Nina hatte eine entsetzlich aufreizende Art, sich die Hände einzucremen. Ein provozierendes und bedrückendes Schauspiel, die kontinuierliche Demonstration von Tüchtigkeit, Schönheit, Perfektion und Macht.

lm Grunde war es eine lächerliche Angelegenheit. Sie hätten es sich ohne weiteres leisten können, eine Haushaltshilfe einzustellen. Nina lehnte das kategorisch ab. Mehrfach hatte

Harry zumindest die Anschaffung eines Geschirrspülers erwogen. Dazu lächelte Nina nur.

«Aber ich bitte dich, Harry, das lohnt doch nicht.»

Tatsache war, ihr machte es Spaß. Sie erzählte gerne von den Arbeiten, die sie tagsüber erledigt hatte. Ließ durchblicken, dass sie sich keine ruhige Minute gönnte, um für ihn das Leben so angenehm wie nur möglich zu gestalten. Dieser letzte Abwasch war für Nina der krönende Abschluss ihres Tages.

Eine Zeit lang hatte Harry sich eingebildet, er könne dem Drama einfach dadurch entgehen, dass er aus der Küche floh und sich vor den Fernseher setzte. Sobald Nina das Geschirr vom Abendbrot zusammenstellte, es vom Tisch hinüber auf das Abtropfbrett des Ausgusses trug, stand Harry auf und verzog sich mit dem Hinweis: «Ich schau mal kurz in die Nachrichten», von einem Raum in den anderen. Es half ihm nicht. Nina durchschaute die Absicht, wie sie alles durchschaute, was ihn betraf.

Dann saß er vor dem Fernseher, während in der Küche das heiße Wasser in den Ausguss plätscherte. Er betrachtete die Bilder von Krieg und Frieden, während Nina sorgsam und vorsichtig Tasse um Tasse, Teller um Teller in den Schaumbergen versenkte. Und während Harry noch versuchte, wenigstens die Wetterkarte in sich aufzunehmen, war Nina bereits mit der Arbeit fertig.

Er hörte sie das Geschirr in den Schrank räumen. Er sah, statt des aufziehenden Hochs über Mittelschweden, wie Nina nach der kleinen grünen Cremedose griff, sie aufschraubte, den Finger hineinstippte. Er sah das alles, weil er es hundertmal, tausendmal hatte ansehen müssen.

Und dann cremte Nina eben ihre Hände ein, kam dabei ins Wohnzimmer, blieb an der Tür stehen und erkundigte sich scheinbar interessiert, ob Harry an diesem Abend vielleicht ein spezielles Programm zu sehen wünsche. Sie lächelte freundlich, fast zärtlich, knetete und massierte ihre Hände, trieb mit kräftigem Daumen die Creme in die Zwischenräume der einzelnen Finger, presste die gesamte Handfläche jeweils einer Hand auf den Handrücken der anderen, wurde gar nicht fertig damit.

Harry hätte nicht sagen können, warum diese an sich doch harmlosen Bewegungen ihn derart

in Panik versetzten. Es war nichts Außergewöhnliches dabei. Nina legte großen Wert auf
ein gepflegtes Aussehen, und das tat sie schließlich nur für ihn. Von Kollegen hörte Harry des
Öfteren, wie sehr man ihn um diese Frau benei-
dete, wie glücklich er sich schätzen müsse.

Und er wurde von Tag zu Tag kleiner. Jedes
Mal, wenn er dieses perfide Ritual über sich ergehen lassen musste, spürte er, noch dreimal,
viermal vielleicht, und er würde ganz ver-
schwinden. Würde sich einfach auflösen und
davonwirbeln, so wie die zarten Wölkchen seiner Zigarette, wenn Nina das Fenster aufriss.

Manchmal träumte Harry davon, Ninas Gesicht in eine riesige Cremedose zu drücken.
Ihren Mund und die Nase mit der zähen, fetti-
gen Masse zu beschmieren, Lage um Lage, bis
Nina darunter erstickte. Denn Nina beließ es
nicht bei den Händen. Sie fuhr mit dieser Proze-
dur fort, wenn sie kurz vor zehn ins Bad ging.

Wieder das Wasserplätschern, die Vision von
Schaumbergen und einem langsam darin ver-
sinkenden Körper. Und diese reibenden, kne-
tenden, streichelnden, massierenden Hände.
Kein Zentimeter Haut blieb von ihnen ver-

schont. Das ebenmäßige, fast noch faltenfreie Gesicht. Die ihm so oft als besonders empfindlich geschilderte Halspartie. Die schlanken, leicht sonnengebräunten Arme. Die langen Schenkel mit ihrem festen Fleisch. Der flache und für Ninas Alter erstaunlich straffe Bauch. Die kleinen und wahrscheinlich nur deshalb noch so festen Brüste. Der Rücken, makellos wie alles an Nina. Aufgereiht auf der Ablage unter dem Spiegel standen sie, all die Cremes und Lotionen, die Tiegelchen, die Fläschchen, die Tuben.

Nina ging auf die vierzig zu. Harry war gut fünf Jahre älter, in den besten Mannesjahren sozusagen. Nina war schlank und mittelgroß. Wenn Harry neben ihr stand, sah man immer noch deutlich, dass er gut einen Kopf größer war als sie. Ein stattlicher Mann mit durchtrainiertem Körper, mit dichtem, leicht gelocktem Haar und diesem herb männlichen Gesicht, nach dem sich noch immer so manche Frau umdrehte.

Davon war im privaten Rahmen kaum etwas übrig, obwohl Harry sich rein äußerlich nicht verändert hatte. Er sah lediglich reifer aus als vor zwanzig Jahren, etwas ernster vielleicht und bedächtiger, etwas ruhiger und charakterfester.

Nina brauchte ungefähr eine halbe Stunde im Bad. Kam sie zurück, war sie meist mit einem knöchellangen, zartrosafarbenen Morgenrock bekleidet, den sie gar nicht erst zuknöpfte. Wie ein Vorhang fiel er an ihr herunter, klaffte gerade so weit auseinander, dass Harry einen Blick auf die schwarze Spitze ihres Slips werfen konnte. Nina schlief immer nur mit einem solchen Slip bekleidet. Sie waren schwarz oder fliederfarben, lindgrün oder reinweiß. Es spielte keine Rolle mehr.

An der Tür stehend fragte Nina mit betörendem Lächeln: «Noch nicht müde?» Und wenn Harry sich mit einem schwerfälligen Nicken aus dem Sessel erhob, fragte sie: «Soll ich dir rasch noch einen Tee machen?»

Egal, was er antwortete, den Tee brühte sie auf. Kamille, in Ausnahmefällen auch Pfefferminze, leicht gezuckert, kochend heiß. Jedes Mal, wenn Harry das gemeinsame Schlafzimmer betrat, fiel sein erster Blick auf die dampfende Teetasse.

Nina rekelte sich bereits unter dem dünnen

Laken, blickte erwartungsvoll lächelnd zu ihm auf, schaute zu, wie er sich der Socken entledigte, wie er die Hose am Saum ergriff, um sie ordentlich in die Bügelfalte zu legen. Tat er das nicht, tat Nina es eben. Dann lag er neben ihr, angefüllt bis zum Hals mit einer undefinierbaren Mischung aus Furcht, Widerwillen, vielleicht sogar Abscheu.

Jetzt erkundigte sich Nina, ob er einen anstrengenden Tag gehabt hatte. Erbot sich, seinen eventuell verspannten Nacken zu massieren, die verkrampfte Schultermuskulatur ein wenig aufzulockern. Es war ihr Startsignal, sein Alarmzeichen. Nina blieb ja nicht bei Nacken und Schultern, verfing sich regelmäßig in den unteren Regionen, bezeichnete, was sie dort vorfand, als ihren kleinen Freund. Und wenn sie mit ihren überaus geschickten Händen das Ziel nicht erreichte, half sie mit der Zunge nach.

Es war eine Tortur für ihn. Harry spürte jedes Mal, wie eine Art Lähmung seine Beine ergriff, wie sie höher stieg, das Becken erreichte, den Brustkorb, bis schließlich der ganze Körper taub und gefühllos auf dem Laken lag.

Dabei hatte es eine Zeit gegeben, in der er Ninas Bemühungen genießen konnte. Völlig entspannt auf dem Rücken liegend, hatte er sie hantieren lassen, bis sein großer Augenblick kam. Und er hatte sich für einen glücklichen Mann gehalten. Warum sich das geändert hatte, wusste er nicht genau.

Grübelte er darüber, kamen ihm nur Kleinigkeiten in den Sinn. Alltägliche Details, Beweise von Ninas rührender Fürsorge. Die dampfende Teetasse neben seinem Bett, die Baldriantropfen, die Nina ihm zum Frühstück bereitstellte, damit er sich den Büroärger nicht so zu Herzen nahm. Das heiße Kräuterbad, das sie für ihn in die Wanne einließ, sobald er auch nur Anzeichen einer leichten Erkältung zeigte. Die Wadenwickel, falls seine Temperatur um ein oder zwei Zehntelgrade anstieg. Das Vollkornbrot für die regelmäßige, problemlose Verdauung. Die Diätmargarine gegen den Cholesterinspiegel. Das zarte, absolut magere Hähnchenbrustfilet, die Rohkostplatten mit ihren Ballaststoffen.

Und all diese Kleinigkeiten hatten den alten Harry allmählich erstickt. Übrig geblieben war dieser Waschlappen, der es nicht einmal mehr ertrug, wenn seine Frau sich nach getaner Arbeit die Hände eincremte.

Das war der Stand der Dinge, als die Einladung zur firmeninternen Weihnachtsfeier, an einem Freitag Mitte Dezember, kam. Beim Frühstück wies Harry darauf hin, dass es spät werden könne. Nina nahm es mit der ihr eigenen Gelassenheit zur Kenntnis. Sie gab lediglich fünf Baldriantropfen mehr als üblich in das Glas. Dann wünschte sie ihm viel Vergnügen. Und als Harry sich verabschiedete, ermahnte sie ihn, beim zu erwartenden kalten Büfett und bei den Getränken Vorsicht walten zu lassen.

«Denk an deinen Magen», sagte Nina, küsste ihn auf den Mundwinkel und strich noch einmal zärtlich über sein dichtes, leicht gelocktes Haar.

Es störte Harry ein wenig, dass Nina sich ausschließlich um seinen Magen sorgte. Von Kollegen hatte er verschiedentlich gehört, dass deren Frauen ganz andere Dinge beargwöhnten. Vielleicht sprach es für Ninas Selbstbewusstsein, dass sie im Zusammenhang mit einer Betriebsfeier keinen Gedanken an Sekretärinnen, Stenotypistinnen und dergleichen verschwendete.

Vielleicht hing es auch mit der Tatsache zusammen, dass Harry kaum noch fähig war, auf ihre zielsicher greifenden Hände zu reagieren. Nina wäre niemals der Verdacht gekommen, dass diese beharrliche Reaktionsunfähigkeit ausschließlich auf eine Cremedose zurückzuführen war.

Man traf sich wie schon im Vorjahr im Waldcafé, einem außerhalb der Stadt gelegenen Restaurant, das wegen seiner ausgezeichneten Küche einen guten Ruf genoss. Das kalte Büfett sah dementsprechend aus. Die Stimmung unter der Belegschaft war ganz allgemein heiter und gelöst. Harry fühlte sich ein wenig ausgeschlossen, obwohl er gleichzeitig eine gewisse Erleichterung verspürte.

Fest entschlossen, diesen Abend zu genießen, stand er vor dem reichhaltigen Angebot erlesener Delikatessen, hielt den noch leeren Teller in der Hand und überlegte, ob er seinem Magen ein winziges Häppchen von dem Krabbencocktail zumuten könne. Nina hatte ihn so oft darauf hingewiesen, dass er keine Mayonnaise vertrug, inzwischen war Harry bereits selbst davon überzeugt. Während er noch unschlüssig dastand und gerade zögernd die Hand ausstrecken wollte, stieß ihn etwas in die Seite.

Eine Stimme dicht neben ihm sagte: «Hoppla!» Und ein Schwall eines klebrigen Getränks ergoss sich über Harrys frisch aufgebügelte hellgraue Hose. Er stand da, den leeren Teller in der Hand, schaute an sich herunter und begriff nicht so recht, was vorgefallen war.

«Och, das tut mir aber Leid.» Die Stimme klang relativ jung und sorglos. Und ein ebensolches Gesicht bemühte sich nahe dem seinen um einen Ausdruck von Bedauern.

Harry kannte sie nicht, wahrscheinlich gehörte sie zu einer anderen Abteilung. Er schätzte sie auf Anfang bis Mitte zwanzig. Sie war rötlich-blond, sehr zierlich, hübsch, bekleidet mit einem Rock, der gerade eben ihre Knie erreichte und mit einer Unmenge von Stofflappen besetzt war, sodass er sich wie ein Ballon um ihre Hüften bauschte. Dazu trug sie eine sehr gewagte Bluse. Doch momentan war Harry nicht empfänglich für irgendwelche weiblichen Reize.

Der klebrige Fleck auf seiner Hose breitete sich aus. Die Flüssigkeit hatte den Stoff durchtränkt, und der pappte nun auf seinem Oberschenkel. Es war ein unangenehmes Gefühl. Der Geruch von Pfefferminze stach ihm penetrant in die Nase, erinnerte ihn in aufdringlicher Weise an die abendliche Schlafzimmerszene. Und irgendwie machte ihn das wütend.

«Jetzt sehen Sie sich das an», sagte er mit einer Stimme, die er selbst kaum kannte. Sie entschuldigte sich noch einmal, schien vor seinen Augen ein wenig kleiner zu werden, als sie ohnehin war.

«Tut mir Leid. Ich hab Sie nicht gesehen. Vielleicht ...», jetzt zögerte sie, wirkte unsicher und irgendwie rührend, «... kann man es auswaschen.»

Gleich darauf griff sie energisch nach Harrys Arm, nahm ihm den leeren Teller aus der Hand und zerrte ihn hinter sich her auf eine Tür zu. «Kommen Sie, ich helfe Ihnen schnell.»

Unwillkürlich ließ Harry sich mitziehen, sah flüchtig die stilisierte Figur im Reifrock auf der sich öffnenden Tür. Dann schloss sich die Tür auch bereits hinter ihm, und er sah sich mehreren Handwaschbecken gegenüber. Aus einem blank polierten Spiegel schaute ihm sein eigenes, verblüfftes Gesicht entgegen. Das Mädchen ließ seinen Arm los, riss mehrere Papiertücher aus einem Spender, hielt sie unter einen Wasserhahn. Sie lächelte schüchtern zu ihm auf, als sie sich bückte und mit den nassen Papiertüchern über seine Hose zu reiben begann. Nach drei, vier Strichen war der hellgraue Stoff von einer Unmenge weißer Papierfusseln übersät.

«Mist», fluchte die Kleine, richtete sich auf und wischte eine Haarsträhne aus der Stirn. Sie wirkte ratlos, aber nicht sehr lange. Harry konnte gar nicht anders, ihr Eifer zwang ihm das wohlwollende Lächeln förmlich auf.

Sie warf einen kurzen, misstrauischen Blick auf die Tür, durch die sie hereingekommen waren, schaute dann zu den Einzelkabinen hinüber. «Gehn Sie da rein», verlangte sie, indem sie auf eine der Kabinen zeigte. «Ziehen Sie die Hose aus und schieben Sie sie mir unter der Tür durch.»

Harry dachte nicht im Traum daran, dieser Aufforderung nachzukommen. Doch sie amüsierte ihn. Es war schon merkwürdig. Frauen, egal, ob nun Anfang zwanzig oder Ende dreißig, schienen allesamt diese praktische Ader zu haben. Und wie er sich ihren Vorschlag noch einmal durch den Kopf gehen ließ, sprach ja doch einiges dafür. Immerhin standen sie mitten im Waschraum für Damen. Jeden Augenblick konnte sich die Tür öffnen. An das anschließende Gerede hinter vorgehaltener Hand mochte Harry gar nicht denken. Also betrat er eine der Kabinen, verschloss sicherheitshalber die Tür hinter sich, zog die feucht-klebrige Hose aus und schob sie unter dem Türspalt hindurch nach draußen.

Die Haut an seinem Oberschenkel klebte noch immer. «Geben Sie mir noch etwas Papier», verlangte Harry, «aber nass, bitte.»

Fast augenblicklich erschien ihre kleine Hand und hielt ihm drei zusammengeknüllte, tropfnasse Tücher hin. Damit entfernte Harry den Pfefferminzlikör von seiner Haut und setzte sich einigermaßen zufrieden auf den WC-Deckel.

Bei einem der Waschbecken lief Wasser. «Jetzt geht es raus», verkündete sie erleichtert. «Wird vielleicht ein Fleck bleiben, aber es klebt nicht mehr so. Ich gebe Ihnen dann das Geld für die Reinigung.»

Niedlich, so pflichtbewusst, traute man ihr gar nicht zu bei diesem sorglosen Gesicht. Harry stellte sich gerade vor, wie sie an seiner Hose herumschrubbte, er schmunzelte, da fiel ihm etwas ein. «Wenn Sie die Hose jetzt nass machen ...»

«Keine Sorge», unterbrach sie ihn fröhlich. «Die kriege ich auch wieder trocken. Hier ist so ein Heißluftgerät für die Hände.»

Wenig später hörte Harry bereits das gleichmäßige Summen des Trockners. Es dauerte eine Weile, ehe er die Hose wieder in Empfang nehmen konnte. In der Zwischenzeit hatte sich die Eingangstür mehr als einmal geöffnet. Und Harry war glücklich über die verschlossene Kabine.

Für sein Empfinden war der Stoff noch reichlich feucht. Aber da sie entschieden hatte: «Ich glaube, so geht es», wollte er nicht kleinlich sein. Nina hätte vermutlich befürchtet, dass er sich erkälten würde, wenn er so bekleidet zurück in den Saal ging. Sie hätte wohl erwartet, dass er jetzt heimkäme. Aber Nina war nicht da. Nina würde sich höchstens am späten Abend oder am nächsten Morgen über den Fleck wundern.

Nachdem sie den Saal gemeinsam wieder betreten hatten, blieb die Kleine an Harrys Seite. Sie war rührend in ihrem Bemühen, ihn für den Zwischenfall zu entschädigen. Stellte fest, dass er ja noch immer nichts gegessen hatte. Und das kalte Büfett wies bereits erhebliche Lücken auf.

Mit kritischem Blick begutachtete sie die Reste und füllte einen Teller für ihn. Teufelssalat, der sei köstlich, behauptete sie, davon habe sie eben auch genommen. Mit zwiespältigem Gefühl sah Harry die Paprikastreifen und Zwiebelchen in einer roten Tunke. Sein Lächeln glitt ins Wehmütige ab, als er sah, was sie da weiter auf einen Teller häufte.

Ein Stückchen Aal, geräuchert, ein Forellenfilet, ein Schweinemedaillon, fraglich, ob sein Magen diese Zusammenstellung verkraften würde. Doch dann begann er mit zunehmendem Appetit zu essen und vergaß seinen Magen darüber völlig.

«Ich heiße übrigens Helen», erklärte das Mädchen beiläufig.

«Harry», erwiderte er kurz, zwischen zwei Bissen. Es war so üblich, dass man sich bei internen Festlichkeiten mit dem Vornamen ansprach. Das lockerte die Atmosphäre und man ging keinerlei weitere Verpflichtungen damit ein.

Helen starrte ihn an, als hätte er sie soeben mit einem Orden ausgezeichnet. «Aus der Personalabteilung?», fragte sie mit ungläubigem Unterton. Und als er kurz nickte, sagte sie enthusiastisch: «Von Ihnen habe ich schon eine Menge gehört.»

«Ach?», versetzte Harry erstaunt. Er konnte sich gar nicht vorstellen, was es über ihn zu erzählen gab.

«Doch, ehrlich», versicherte Helen. «Erst kürzlich habe ich mit Baumann gesprochen. Den kennen Sie doch, Baumann vom Betriebsrat. Ich meine, ich habe nicht richtig mit ihm gesprochen. Ich habe nur zufällig gehört, wie er über Sie sprach. Er hatte eine sehr hohe Meinung von Ihnen.»

Dann lachte sie kurz auf. «Mensch, wenn ich eben schon gewusst hätte, wem ich meinen Likör auf die Hose kippe …»

Den Rest ließ sie offen. Sie blieb den ganzen Abend neben ihm. Und sie war so erfrischend unkonventionell, so offen und herzlich in ihrer

Art. Als er einmal mit ihr tanzte, strahlte sie unentwegt zu ihm auf. Anschließend plauderte sie über sich. Dass sie gerade dabei sei, sich eine kleine Wohnung einzurichten. Dass sie bis vor kurzem mit einem Freund zusammengelebt, sich aber nun von ihm getrennt habe, weil er nicht begreifen wollte, dass sie ein freier Mensch sei.

«Ehrlich», sagte sie und schaute Harry treuherzig in die Augen. Sie tippte sich mit einem Finger gegen ein winziges Stückchen Haut oberhalb des Blusenausschnittes. «Ich bin doch nicht nur dafür da, seine Socken zu waschen oder Hemden zu bügeln. Wann hat er denn mal meine Blusen gebügelt? Oder hat er sich vielleicht mal an den Herd gestellt, wenn es bei mir später wurde? Fehlanzeige.»

Das war es. Harry bemerkte es nicht sofort, doch tief in seinem Innern geschah etwas Umwälzendes. Stundenlang hätte er ihr zuhören können, wie sie über Sinn und Unsinn eines Frauenlebens sprach.

«Ist doch alles Blödsinn mit der Emanzipation», sagte sie. «Seien wir doch mal ehrlich, wenn es hart auf hart kommt, wer findet sich denn da eher alleine zurecht? Die Frau! Wir sind einfach daran gewöhnt, für uns selbst zu sorgen. Notfalls verdienen wir eben auch noch die Mäuse, die man braucht. Also ich, ich brauch keinen Mann dafür. Und dann frage ich mich nämlich, wofür ich sonst einen brauche. Um seine Socken zu waschen und seine Hemden zu bügeln? Vielen Dank.»

Im Anschluss daran erkundigte sie sich, ob sie ihn auch nicht langweile mit ihrem Gerede. Sie kicherte, senkte den Blick. «Wenn ich was getrunken habe, dann rede ich immer so drauflos.»

«Faszinierend», murmelte Harry, und er meinte keineswegs nur ihr Geständnis. Bis in alle Ewigkeit hätte er neben ihr stehen können. Als sich nach zwölf ein allgemeiner Aufbruch bemerkbar machte, war er maßlos enttäuscht. Es war fast, als erwache er aus einem schönen Traum.

Sie ging neben ihm her auf die Tür zu. Ihren Mantel hielt sie locker über dem Arm. Harry überlegte fieberhaft, wie er es anstellen konnte, sie ganz unverfänglich wieder zu sehen. Da fragte sie, ob er sie vielleicht mit in die Stadt nehmen könnte. Anderenfalls müsste sie sich ein Taxi rufen.

Dann saß sie neben ihm, den Mantel zusammengeknüllt im Schoß. Obwohl es draußen empfindlich kalt war, wirkte sie überhitzt. Blies die Haarsträhnen zur Seite, die ihr immer wieder in die Stirn fielen, fächelte sich mit einem Bierfilz Luft zu. Sie war einfach hinreißend.

Wieder und wieder streifte Harry sie mit einem kurzen Seitenblick, lächelte sie an. Und natürlich brachte er sie bis vor ihre Wohnungstür. Dort wirkte sie plötzlich wieder unsicher und hilflos. Bedankte sich für seine Mühe, stammelte und druckste herum, ob er vielleicht noch einen Kaffee trinken wolle. Sie senkte den Kopf, weil sich ihr hübsches Gesicht bei dieser Frage mit einem merklich roten Farbschimmer überzog. Harry fand sie süß, lächelte gönnerhaft. Kaffee um diese Zeit, und er würde die ganze Nacht nicht schlafen können. Aber das musste er ihr ja nicht unbedingt sagen.

So legte er nur einen Finger unter ihr Kinn, hob ihr Gesicht zu sich empor und drückte ihr ganz leicht die Lippen auf die Stirn. «Ein andermal vielleicht», sagte er.

Und sie starrte ihn mit leicht geöffneten Lippen bewundernd an, fand seine Antwort wohl sehr männlich und charakterfest. Sie nickte, lächelte ebenfalls, seufzte erleichtert und wiederholte zufrieden: «Ein andermal vielleicht.»

Noch auf dem Heimweg fühlte Harry sich leicht und beschwingt. Etwas in seinem Kopf hatte sich selbständig gemacht. Er lächelte nur vor sich hin. Helen also, nun, es würde eine Kleinigkeit sein, herauszufinden, in welcher Abteilung sie beschäftigt war. Und wenn er das erst einmal wusste, war der Rest ein Kinderspiel. Es kam ihm selbst so vor, als sei der alte Harry von den Toten auferstanden. Nun saß er neben ihm, stieß ihn in die Seite, grinste kumpelhaft: «Mach zu, alter Junge.»

Nina wartete noch auf ihn, begrüßte ihn mit einem Kuss, von dem Harry so gut wie nichts schmeckte. Er hatte immer noch diesen leicht salzigen Geschmack auf den Lippen, ein Hauch von Schweiß und den Resten eines Make-ups.

Es war wirklich eine Kleinigkeit, Helens Arbeitsplatz ausfindig zu machen. Doch dann zögerte Harry unschlüssig. Er war sich seiner selbst nicht mehr sicher. Wusste nicht genau, was er und ob er überhaupt etwas von diesem Mädchen wollte. Ein Abenteuer? Mehr wohl eine Art Erlösung. Zwei Wochen ließ er verstreichen, ging die Situation in allen Einzelheiten durch, ehe er ihr «zufällig» auf dem Korridor vor der Buchhaltung begegnete.

Helen grüßte mit einem nichts sagenden Kopfnicken. Es schien fast, als sei ihr die Begegnung peinlich. «Hallo», sagte Harry und zwang sie damit, stehen zu bleiben. Er hatte sich alles genau zurechtgelegt, was er ihr sagen wollte. Locker und lässig fragte er: «Wie wäre es denn jetzt mit dem Kaffee?»

Leicht machte sie es ihm gewiss nicht. Zuerst behauptete sie, jetzt keine Zeit zu haben. Dann suchte sie nach anderen Ausflüchten. Aber gerade ihr Widerstand reizte ihn. Schließlich rang er ihr eine Zustimmung für die Mittagspause ab. Sie verabredeten sich in einem kleinen Bistro gleich um die Ecke. Das war nicht so auffällig wie die Kantine, in der Harry sich ohnehin nur selten sehen ließ.

Nur eine knappe halbe Stunde saßen sie sich an einem der kleinen Tische gegenüber. Harry trank tatsächlich einen Kaffee, aß dazu ein frisch aufgebackenes, knuspriges Champignon-baguette und hätte ihr gerne einfach nur zuge-hört. Aber sie sprach kaum, saß da, hielt den Kopf die meiste Zeit gesenkt und fixierte den Inhalt ihrer Tasse. Es blieb Harry gar nichts an-deres übrig, als die Initiative zu ergreifen.

«So habe ich mir das aber nicht vorgestellt», sagte er.

«Wie denn?» Helen hob nicht einmal den Kopf, und ihre Stimme klang eine Spur aggres-siv. «Ich kann mir denken, wie Sie sich das vor-gestellt haben. Tut mir Leid, wenn ich Sie ent-täusche. Aber für so was bin ich einfach nicht die Richtige. Auf so eine Sache lasse ich mich nicht ein.»

Und ehe Harry sich versah, war sie mitten in einem Vortrag über Ehemänner, die gar nicht daran dachten, sich von ihren Frauen zu tren-nen, aber dennoch das Blaue vom Himmel her-ab versprachen, um ans Ziel zu kommen.

«Man sollte es nicht glauben», sagte sie und funkelte ihn böse an. «Aber die erzählen immer noch die alte Geschichte von der Frau, die sie nicht versteht. Die sich im Bett immer aufführt wie ein Eisklotz. Und eine Scheidung ist natürlich unmöglich. Man muss ja Rücksicht auf die Kinder nehmen.»

Nach dem letzten Satz stieß sie die Luft aus. Es war ihr bitterernst, und das wollte so gar nicht zu ihr passen. Gegen seinen Willen lachte Harry laut auf. Eine Frau in Ninas Alter schaute vom Nebentisch zu ihm herüber. Ganz flüchtig dachte er: Dumme Kuh, dann war seine gesamte Aufmerksamkeit bereits wieder bei Helen.

«Trübe Erfahrungen gemacht?», fragte er spöttisch.

Sie schüttelte den Kopf, wehrte heftig ab. «Ich nicht, aber man hört solche Geschichten zu oft. Ich möchte nicht wissen, wie viele sich einbilden, sie säßen am längeren Hebel, weil sie jünger sind. Das ist natürlich verlockend, ein Mann in gehobener Position, mit dem entsprechenden Einkommen, großzügig, erfahren in jeder Hinsicht. Da glaubt man eben, man hätte das große Los gezogen. Und man vergisst oft, dass da schon eine Frau ist.» Ihr Finger deutete neben der Kaffeetasse kaum merklich auf Harry. «Sie sind verheiratet.»

«Ja», erwiderte er knapp, «und meine Frau ist alles andere als ein Eisklotz.» Bei diesem

Ausdruck musste er wieder gegen seinen Willen lachen, weil er sich plötzlich dieses niedliche Geschöpf in Ninas Reizwäsche vorstellte.

«Kinder haben wir nicht», fuhr er fort.

Helen starrte ihn an, hob zögernd die Tasse zum Mund. Setzte sie jedoch gleich wieder ab, ohne den Rest Kaffee daraus getrunken zu haben. «Warum sitzen wir hier?», fragte sie.

Harry hob unschlüssig die Schultern. Lächelte sie an, als wolle er sich bei ihr entschuldigen. «Ich weiß es selbst noch nicht», gestand er, beugte sich über den Tisch, ging unvermittelt zum Du über. «Ich kann es nicht erklären, dir nicht und mir nicht. Ein innerer Zwang vielleicht. Ich habe bisher nie daran gedacht, meine Frau zu verlassen oder sie zu betrügen. Aber ich habe auch nicht behauptet, meine Ehe sei glücklich.»

«Baumann sagte», erklärte Helen stockend, «Ihre Frau wäre einfach umwerfend, ein Glückstreffer, so tüchtig und so attraktiv.» Harry nickte versonnen. «Da hat Baumann ohne Zweifel Recht. Aber er ist nicht mit ihr verheiratet.»

Nach dieser denkwürdigen Unterhaltung dauerte es noch drei qualvolle Monate. Sie trafen sich mehrfach in dieser Zeit. Und es kostete Harry von Mal zu Mal mehr an Selbstbeherrschung, ihr zum Abschied nur die Hand zu geben. Nachts lag er wach und stellte sich vor, wie es sein würde mit ihr. Aber die Vorstellung blieb immer nur unvollkommen. Dann war es endlich so weit.

Die Situation schien in gewisser Weise unwürdig. Vielleicht war sie deshalb für Harry ein ganz besonderer Genuss. Schon Tage vorher war er nervös, suchte krampfhaft nach einer Ausrede für das unvermeidliche «Später-Heimkommen». Er beobachtete Nina mit Argusaugen und hatte das Gefühl, sie könne ihm sein Vorhaben von der Stirn ablesen. Später sagte er sich, er habe es geradezu darauf angelegt, von Nina ertappt zu werden. Schlimmeres wäre dann vielleicht zu verhindern gewesen. Aber Nina blieb liebevoll und arglos. Nina war wie immer, und irgendwie war Nina in dieser Zeit nebensächlich.

Es war ein Tag Anfang April, ein relativ milder Tag. In der Mittagspause traf er Helen im Bistro und überredete sie zu einem weiteren Treffen nach Büroschluss. Er fand selbst, dass er zu diesem Zweck andere Mittel hätte finden können. Alles, was er ihr sagte, um sie zu überreden, war billig und abgegriffen. Dass er sie liebte. Dass er ganz verrückt nach ihr wäre. Dass er es nicht mehr länger ertragen würde, sie immer nur zu sehen. Dass sie jetzt einfach ein wenig Mitleid mit ihm haben müsse, wenn sie auch nur ein bisschen für ihn empfände.

Und das tat Helen ohne Zweifel. Als sie kurz nach fünf zu ihm in seinen Wagen stieg, war sie kleiner als sonst, auch stiller. Sie fragte nur: «Fahren wir zu mir?»

Harry schüttelte den Kopf. Natürlich wäre Helens kleine Wohnung ideal gewesen. Er hätte auch ein Hotelzimmer nehmen können. Doch da gab es diesen unerfüllten Jugendtraum.

Damals wäre es das Himmelreich auf Erden gewesen, ein Auto, ein stilles Fleckchen irgendwo. Leider hatte er damals zuerst einmal keinen Wagen, später hatte Nina ein eigenes Zimmer, in dem sie ungestört geblieben waren.

Harry steuerte den Wagen aus der Stadt heraus. Er fuhr zu einer alten, längst stillgelegten Kiesgrube, hielt den Wagen zwischen mannshohen Büschen an und stellte den Motor ab.

Immer noch so klein und still, saß sie neben ihm, starrte geradeaus durch die Frontscheibe. «Warum hier?», fragte sie.

«Das verstehst du nicht», sagte Harry. Er bemerkte sehr wohl, dass sie zitterte. Aber nach dem Grund zu fragen, fehlte ihm die Zeit. Wie ein hungriger Wolf über das Lamm fiel er über sie her. Es war einfach übermächtig, hatte sich aufgestaut in den letzten Monaten. Er hatte sogar Mühe, seine Erregung so lange im Zaum zu halten, dass sie wenigstens noch ein bisschen von ihm spürte.

Doch alles änderte sich schlagartig, als sie einen leisen Schmerzlaut ausstieß. Da war er wieder Harry, war sanft und geduldig, ganz Herr seiner Sinne. Und langsam und bedächtig ließ er sich zusammen mit ihr davontreiben.

Erst später machte er sich mit ihrem Körper vertraut. Und es war ihm eine Genugtuung ganz besonderer Art, dass sie sich trotz ihrer Jugend nicht mit Nina messen konnte. Ihre Hüften waren mehr als nur rundlich. Auch die Schenkel zeigten einen leichten Fettansatz. Deshalb wohl trug sie immer nur diese bauschigen Röcke.

Ihre Haut war entschieden zu trocken und wies einige raue Stellen auf. Ein wenig scheu ließ sie zu, dass er jede einzelne davon mit den Fingern erkundete. Mit ängstlichem Blick hing sie an seinem Gesicht. Erst als er sich über sie beugte, sie mit inbrünstiger Zärtlichkeit zu küssen begann, entspannte sie sich, schlang die Arme um seinen Nacken und verlangte mit kindlicher Stimme: «Sag wenigstens einmal, dass du mich wirklich liebst.»

«Ja», sagte Harry nur, «das tu ich.»

Obwohl er an diesem Abend fast zwei Stunden später heimkam als üblich, erkundigte sich Nina weder nach dem Grund für sein Ausbleiben noch nach sonst etwas. Sie brachte das Abendbrot auf den Tisch, machte sich anschließend über den Abwasch her, kam ins Wohnzimmer und cremte sich dabei die Hände ein.

Wie gebannt starrte Harry auf den Bildschirm, um die Vision zu verscheuchen, die ihn da unvermittelt überfiel. Sah er sich doch tatsächlich auf einem Friedhof stehen. Ein offenes Grab, ein äußerlich gebrochener Mann, der innerlich jubelte.

Einen Augenblick lang machte ihn das so

stark, dass er sich fragte, wie Nina jetzt wohl auf ein Geständnis reagieren würde. Ich habe dich betrogen. Jedes einzelne Wort genüsslich auf der Zunge zergehen lassen, bevor man es über die Lippen ließ. Aber wie sie da so an der Tür stand, hörte er sofort wieder auf, darüber nachzudenken.

Einige Wochen zog sich die Affäre mit Helen in aller Heimlichkeit hin. Jeweils dienstags und donnerstags fuhren sie hinaus zu der alten Kiesgrube. Und montags, mittwochs und freitags trafen sie sich während der Mittagspause im Heizungskeller. Es gab dort einen stillen, scheinbar vergessenen Winkel, in dem Helen in aller Eile den Rock für ihn heben konnte. Und trotz der Eile war es für Harry jedes Mal ein Triumph. Hätte er in solchen Augenblicken nicht mit dem letzten Rest von Verstand bedacht, dass man sie zwar nicht sehen, wohl aber würde hören können, er hätte losgebrüllt. Der hungrige Wolf, das Tier schlechthin.

Abends verachtete er sich. Er wusste ganz genau, was er Helen zumutete, ahnte, wie sehr sie ihn lieben musste, wenn sie das Tag für Tag auf sich nahm. Die Eile, die Demütigung, die Harry gar nicht ihr zugedacht hatte. Nachts beschloss er, es gutzumachen, sie zu verwöhnen, ihr jeden Wunsch von den Augen abzulesen. Und am nächsten Vormittag überkam es ihn wieder.

Er hätte es niemandem erklären können, es war wie eine Sucht. Der tiefere Grund lag wohl darin, dass er in diesem stillen, vergessenen Winkel des Heizungskellers mehr Mann war als sonst irgendwo. Nicht einmal hinter seinem Schreibtisch im Personalbüro, wo man immerhin gewichtige Entscheidungen von ihm erwartete und bekam, verfügte er über so viel Macht, wurde ihm so viel Unterwerfung zuteil.

Und daheim, in Ninas unmittelbarer Nähe, war er ohnehin nur Harry. Baldriantropfen und Hähnchenbrustfilets, schwarze Spitzenhöschen und eine grüne Cremedose, die ihn Abend für Abend in seine Schranken verwies.

Es gab Augenblicke vor dem Fernseher, in denen er Nina mehr hasste, als er selbst für möglich gehalten hätte. Momente, in denen er sich vorstellte, die Hände um ihren Hals zu legen, zuzudrücken, nur um sie einmal klein und weich zu sehen. In solchen Augenblicken war ihm durchaus bewusst, dass er endlich für klare

Verhältnisse sorgen musste, sollte es nicht zu einer Katastrophe kommen.

Auf dem Heimweg legte er sich hundertmal die Worte zurecht, mit denen er es Nina so schonend wie möglich beibringen wollte. Und kaum stand sie vor ihm, so gepflegt und überlegen, so ruhig und gelassen, da brachte er kein einziges davon über die Lippen.

Es geschah an einem Abend im Juni. Das beständige schlechte Gewissen Helen gegenüber trieb Harry dazu, ihr ausnahmsweise einmal in ihre Wohnung zu folgen. Zu seiner Überraschung war es nicht viel anders als im Wagen oder im Keller. Ausgestreckt auf dem Bett wirkte Helen wie die personifizierte Verführung. Als er schließlich gehen musste, weinte sie ein bisschen. Sie entschuldigte sich gleich dafür.

«Es tut mir Leid, Harry. Achte gar nicht auf mich. Ich bin eine dumme Gans. Es ist nur ... genau davor habe ich mich immer gefürchtet, weißt du. Ich liege hier, und du gehst heim.»

Er ging noch einmal zurück, setzte sich zu ihr auf die Bettkante, schaute sie eine Weile schweigend an. Eine große Welle von Zärtlichkeit überrollte ihn, und er versprach: «Es dauert nicht mehr lange. Glaub mir, ich werde etwas unternehmen.»

Während der Heimfahrt war er tatsächlich fest entschlossen. Doch kaum betrat er die Wohnung, fiel alles in sich zusammen wie ein Kartenhaus. Nina stand in der Küche, sie war bereits mit dem Abwasch fertig und cremte sich gerade die Hände ein. Unerwartet kam sie ihm zu Hilfe.

«Du kommst spät», stellte sie fest. Er glaubte, einen leicht ironischen Unterton zu hören. «Im Büro habe ich schon angerufen. Dort bist du nicht aufgehalten worden», erklärte Nina lächelnd.

Er stand einfach nur da und ließ es über sich ergehen.

«Du bist ja häufiger so spät gekommen in letzter Zeit», fuhr Nina fort. «Da habe ich mich natürlich gefragt, was du wohl so treibst.»

Sie lächelte, massierte ihre Hände. «Ich habe auch eine Antwort gefunden. Sie ist Anfang zwanzig und recht hübsch.»

Harry konnte nichts weiter tun, als auf ihre Hände zu starren. Der knetende Anblick schnürte ihm die Kehle zu.

«Ich mache dir einen Vorschlag», sagte Nina. «Wir trennen uns für eine Weile. Dann kannst du in aller Ruhe deine Entscheidung treffen. Deinen Koffer habe ich bereits gepackt. Er steht im Schlafzimmer.»

Es klang nicht nach Wut, auch nicht nach verletztem Stolz. Es klang einfach nach Nina. Wie ein geprügelter Hund schlich Harry ins Schlafzimmer, nahm den Koffer vom Boden auf und trug ihn zur Tür.

Nina war ihm gefolgt. «Und wenn du dich entschieden hast», sagte sie, «lass es mich wissen. Du weißt, ich bin kein nachtragender Mensch, Harry. Ich verstehe, dass so etwas in deinem Alter vorkommen kann. Vielleicht geht es wieder vorbei.»

Das war zu viel, einfach zu viel. Wortlos zog Harry die Tür hinter sich ins Schloss und ging zurück zu seinem Wagen.

So kam es, dass er nur eine halbe Stunde später erneut vor Helens Wohnung stand. Helen weinte, als sie den Koffer in seiner Hand sah und er ihr erklärte: «Ich habe mit meiner Frau gesprochen. Sie war damit einverstanden, dass wir uns trennen.»

Helen schlang beide Arme um seinen Nacken, presste das Gesicht in seine Halsbeuge und murmelte erstickt: «Aber gedrängt habe ich dich nicht.»

«Nein», sagte Harry sanft, «und das rechne ich dir ganz besonders hoch an.»

Sie war so bezaubernd in diesem Augenblick, mit den Tränenspuren auf den Wangen, der verschmierten Wimperntusche und dem zerzausten Haar. Harry konnte nicht anders. Er schob sie vor sich her in die Küche, öffnete noch im Gehen die Knöpfe ihrer Bluse, hob sie auf den Tisch und liebte sie. Minutenlang stand er vor ihr, schaute unentwegt in ihr kleines Gesicht. Es war wie eine Erlösung.

Später half er ihr, ein wenig Ordnung in der kleinen Wohnung zu machen. Das Bett war natürlich nicht gemacht. Helen entschuldigte sich dafür. «Ich wusste ja nicht, dass du zurückkommst.»

«Nein», erwiderte er, «das konntest du nicht wissen.» Und fröhlich pfeifend zog er die Laken glatt. Im Wohnzimmer lagen ein paar Zeitschriften auf dem Fußboden. Harry stieg einfach darüber hinweg und ließ sich in einen urig bequemen Ledersessel fallen. Und als Helen sich nach den Zeitschriften bücken wollte, ergriff er ihren Arm und zog sie zu sich auf den Schoß.

«Lass es liegen», flüsterte er und begann sie zu küssen. Er spürte, wie erneut die Erregung von ihm Besitz ergriff, und liebte sie gleich noch einmal in diesem monströsen Ledersessel.

Danach befreite sich Helen sanft, aber nachdrücklich aus seinen Armen. Rock und Bluse ließ sie gleich neben dem Sessel zu Boden fallen. Harry lächelte, als es ihm bewusst wurde. Es war alles in Ordnung, in bester Ordnung sogar.

Mit etwas unsicheren Schritten ging Helen auf eine Tür zu, drehte sich noch einmal über die Schulter zu ihm um, lächelte verlegen. «Jetzt muss ich aber duschen.»

Und damit zog sie die Tür hinter sich zu. Harry blieb, wo er war, lehnte den Kopf zurück und schloss für eine Weile die Augen. Er begriff es noch nicht ganz, doch allmählich dämmerte ihm, dass es vorbei war. Aus und vorbei, er war ein freier Mann, die Entscheidung war gefallen. Jetzt konnte er neu beginnen, ganz neu. Ein Mann, ein Mädchen, Liebe, unbelastet ...

Gedankenverloren tastete er nach dem Zigarettenetui in der Hosentasche. Er rauchte, schaute aus halb geöffneten Lidern den dünnen grauen Schwaden hinterher und war zufrieden.

Das Rauschen der Dusche drang zu ihm herein. Helen trällerte ein Lied, irgendeinen modernen Schlager, den Harry nicht kannte. Er horchte auf ihre Stimme, die so jung war, so fröhlich, so leicht. Er rauchte und genoss es. Gleich neben dem Sessel stand ein kleiner Tisch, darauf ein Aschenbecher. Praktisch und so ganz anders.

Mit jedem Zug an der Zigarette rückte Nina weiter von ihm ab, befreite er sich mehr von diesem Albtraum. Er streifte die Asche ab, schaute sich im Zimmer um, lächelte wieder. Die Zeitschriften auf dem Boden, Helens Rock, die Bluse, der Aschenbecher auf dem Tisch, zwei Kippen darin. Ein benutztes Glas auf einem weiteren, größeren Tisch, daneben Orangenschalen, schon leicht angetrocknet.

Im Geist sah er Nina durch dieses Zimmer gehen, sah ihre flinken Finger für Ordnung sorgen, sah sie anschließend ihre Hände waschen, nach der Cremedose greifen.

Wo Helen nur blieb?

Das Rauschen der Dusche war verstummt, aber ihr Trällern war noch zu hören. Harry dachte flüchtig daran, sie vielleicht noch einmal zu lieben an diesem Abend. Doch dann schalt er sich einen Idioten. Irgendwo gab es Grenzen für einen Mann in seinem Alter. Es wunderte ihn, dass er es bereits dreimal geschafft hatte an diesem Tag. Er schob diese Tatsache der ungeheuren Erregung zu, die sein Innerstes ausfüllte. Im Arm halten wollte er sie, einfach nur im Arm halten, zärtlich sein, ihre Haut spüren, die Finger über die rauen Stellen gleiten lassen und träumen.

Was trieb sie nur so lange?

Harry erhob sich, träge und satt, ging mit schlendernden Schritten auf die Tür zu, hinter der sie verschwunden war. Seine Hand drückte die Klinke nieder, er lächelte.

Helen stand neben der Duschkabine, mit dem Rücken zur Tür. Sie hielt etwas in einer Hand und strich mit der anderen über ihr linkes Bein. Harry erkannte nicht sogleich, was sie da hielt. Er wollte gerade fragen, wozu sie so lange brauchte, da drehte sie sich zu ihm um.

«Ich bin gleich so weit», sagte sie und hielt ihm

etwas entgegen. «Bist du so lieb und cremst mir den Rücken ein? Ich kann das selbst so schlecht.»

Harry nickte nur, versuchte, die Melodie zu pfeifen, die sie eben geträllert hatte. Seine Augen registrierten die lindgrüne Flasche, die sie ihm entgegenhielt, saugten sich daran fest. Alles andere verschwamm plötzlich vor seinem Blick. Seine Hand fühlte Plastik, weiches Plastik, das sich mühelos zusammendrücken ließ. Er ließ etwas von der dünnflüssigen Milch in seine Handfläche laufen, stellte die Flasche auf den Rand des Waschbeckens, legte die Hand auf Helens Rücken. Immer noch lächelnd begann er, die klebrige, schmierige Lotion auf ihrer Haut zu verreiben. Die zweite Hand legte sich neben die erste, tat es ihr gleich.

Er kniff die Augen zusammen, um diesen Schleier loszuwerden. Er hörte einen eigentümlich dumpfen Laut, der fast wie das erstickte Weinen eines kleinen Kindes klang. Aber er begriff nicht, dass dieser Laut aus seiner Kehle kam. Seine Hände arbeiteten sich automatisch zu den Schultern hinauf, drückten das feste, warme Fleisch, rieben und massierten, glitten höher, schlossen sich um einen Hals.

Und noch immer war da dieser merkwürdige Ton, ein verzweifeltes Summen, nicht ganz von dieser Welt. Dicht vor sich sah Harry das makellose Gesicht Ninas, sah, wie sich die Gelassenheit darauf in Entsetzen wandelte. Er hörte ihr Röcheln, und ihre schlanken, cremeduftenden Hände verkrallten sich im Duschvorhang. Direkt unter den Fingerspitzen fühlte er ein leichtes Hämmern. Es war nicht sehr beständig und ließ dann ganz nach.

Und es war, als hielte er ein Zentnergewicht in den Händen. Seine Arme wurden unerbittlich hinabgezogen. Ninas Röcheln erstarb, jetzt war er frei, wirklich frei.

Nur die Hände schienen noch verkrampft, und schwer atmend versuchte er, sie zu lösen. Dabei fiel etwas schwer zu Boden, schlug hart gegen die Einfassung der Duschkabine und blieb regungslos zu seinen Füßen liegen.

Harry lächelte zufrieden und kümmerte sich nicht weiter darum. Er wischte sich das klebrige, fettige Zeug von den Händen, wischte es einfach an den Hosenbeinen ab. Dann ging er zurück ins Wohnzimmer.

Mit einem Seufzer der Erleichterung ließ er

sich wieder in den gemütlichen Sessel sinken. Er schloss für eine Weile die Augen, spürte Müdigkeit in sich aufsteigen. Die Lider wurden schwer. Wenn Helen sich nicht ein wenig beeilte, würde er noch im Sessel einschlafen. Wo sie nur so lange blieb? Irgendwie waren die Frauen doch gleich, egal, ob sie nun Anfang zwanzig oder Ende dreißig waren.

Der Blinde

Drei Tage nachdem ich Nadine als vermisst gemeldet hatte, kam die Polizei zu mir ins Haus. Es war grausam. Noch bevor sie irgendetwas gesagt hatten, wusste ich, sie hatten Nadine gefunden. Ich hatte mich in den drei Tagen immer wieder gefragt, wie ich mich verhalten sollte, wenn die Polizei käme. Ich hatte versucht, mich darauf einzustellen, auf das, was sie mir sagen würden, auf ihre Fragen, meine Antworten. Aber als sie dann tatsächlich vor der Tür standen, kam es mir so vor, als hätte ich in den vergangenen drei Tagen überhaupt nicht gelebt. Diese Leere im Innern, der eigene Tod kann auch nicht schlimmer sein.

Sie kamen zu zweit. Ein noch recht junger Beamter und ein älterer. Die Stimme des jüngeren verriet Unsicherheit, auch seine Bewegungen machten rasch deutlich, dass er sich nicht wohl fühlte in seiner Haut. Der Sessel, in dem er Platz nahm, knarrte unentwegt, weil er nicht still sitzen konnte. Es war ein kaum wahrnehmbares

Geräusch. Ich bin mir fast sicher, dass der Ältere es gar nicht registriert hat. Aber mir entgeht so etwas nicht. Das heißt nicht, dass ich aufmerksamer bin als andere, ich habe einfach ein feineres Gehör. Das brauche ich auch.

Ich war sechs Jahre alt, als das Unglück geschah. Damals spielte ich zusammen mit ein paar Dorfkindern draußen beim Tannenwäldchen. Es war im Spätherbst, ich sehe das alles noch deutlich vor mir. Das Laub an den Büschen am Waldsaum hatte sich bereits verfärbt, die abgeernteten Felder waren ein Gemisch aus Braun und dem Gelb der Stoppeln. Zwei größere Jungen und ein kleines Mädchen liefen über einen Kartoffelacker und sammelten die wenigen noch verstreut liegenden Knollen auf. Der Bach, der dicht am Waldsaum vorbeifloss, führte nach ein paar Regentagen Hochwasser. Das Rauschen höre ich heute noch. Und Karl, der jüngste Sohn vom alten Schneider, schichtete an der Böschung Holz auf für ein Feuer.

Es war verboten, strikt verboten und gerade deshalb von besonderem Reiz. Und es gab nichts Köstlicheres als die im offenen Feuer gerösteten und nur notdürftig von Dreck und Ruß befreiten Kartoffeln. Derartiges bekam ich daheim nicht geboten. Da wurde mir selbst ein kleiner Imbiss adrett auf einem Teller angerichtet serviert, vielleicht war ich nur deshalb meist ohne Appetit. Doch wenn ich mit den Dorfkindern spielte, dann lief mir allein bei dem Gedanken an die rußigen Kartoffeln und an die Sandkörner, die zwischen den Zähnen knirschten, das Wasser im Mund zusammen. Kinder brauchen das wohl, ihre Portion Dreck.

Das Feuer wollte nicht so recht, vermutlich war das Holz zu feucht. Und Karl Schneider, er war damals doppelt so alt wie ich, goss irgendeine Flüssigkeit darüber. Es war eine Sache von Sekunden. Ich stand zu dicht an dem Holzstapel, es gab eine Stichflamme, sie schoss mir direkt ins Gesicht. Und seitdem bin ich darauf angewiesen, zu hören, zu fühlen und zu zählen.

Das Zählen ist dabei fast wichtiger als alles andere. Es hilft mir, völlig sicher umherzugehen, jedenfalls dort, wo mir die Umgebung vertraut ist. Ich zähle die Schritte, seit mehr als dreißig Jahren zähle ich sie. Anfangs musste ich die Summe noch häufig berichtigen. Sieben Schritte vom Tisch bis zur Tür des Speisezimmers, später waren es nur noch fünf. Fünfundsechzig Schritte von der letzten Stufe der Freitreppe zur Einfahrt, heute sind es nur noch zweiundfünfzig.

Aber ich zähle nicht nur die Schritte. Wenn Nadine mich durch das Dorf fuhr, zählte ich ebenfalls. Und was hätte ich nicht alles dafür gegeben, einmal selbst ein Auto durch das Dorf zu steuern. Im Geist sah ich die Hauptstraße noch deutlich vor mir. Und ich wusste, sie war nicht mehr so, wie ich sie in Erinnerung hatte.

Ich ließ mir von Nadine beschreiben, was sie sah und was sie tat. All diese abstrakten Begriffe, verbunden mit Gefühlen und Geräuschen. «Jetzt nehme ich das Gas weg.» Dann spürte ich, dass die Geschwindigkeit sich verringerte. «Jetzt schalte ich herunter in den zweiten Gang.» Und es kam ein Rucken. «Jetzt bremse ich.» Und etwas zog mich mit sanfter Gewalt nach vorne.

Nadine wusste, wie sehr mich das faszinierte. Ein paar Mal forderte sie mich auf, hinter dem Lenkrad Platz zu nehmen, während der Wagen noch vor der Freitreppe stand. Nadine war kleiner als ich, ein gutes Stück kleiner.

Ich wusste nicht, wohin mit meinen Beinen, und sie lachte.

«Greif mit der linken Hand nach unten an den Sitz, Liebling», sagte sie. «Da ist ein Hebel mit Griffmulden für die Finger, fühlst du ihn?» Natürlich fühlte ich ihn, und Nadine sagte: «Zieh ihn hoch und drücke dich vorne mit den Füßen ab. So kannst du den Sitz nach hinten verschieben.»

Dann ließ ich die Finger wandern. Und bei so vielen Dingen sagte Nadine: «Das nützt dir nicht viel, Fred, das sind die Anzeigeinstrumente. Während der Fahrt sind sie alle in Betrieb, aber du kannst sie nicht ablesen. Das zum Beispiel ist der Tachometer, er zeigt an, wie schnell der Wagen fährt.»

Wir fuhren nie sehr schnell. Ich brauchte keinen Tachometer, ich konnte die Geschwindigkeit fühlen. Manchmal drehte ich die Scheibe hinunter, legte die Fingerspitzen meiner linken Hand an das Lenkrad und hielt die rechte ins Freie. Zuerst lachte Nadine noch darüber, später fragte sie einmal: «Willst du es versuchen, Liebling? Ich bin neben dir und kann dir helfen.»

Aber es waren noch Menschen im Dorf, der alte Schneider mit seiner Familie, zwei oder drei andere Höfe waren ebenfalls noch bewohnt. Ich hatte keine Angst vor dem Fahren, nur davor, einem Menschen damit zu schaden. Und Nadine sagte: «Vielleicht später einmal.»

Nadine war so geduldig, so liebevoll und zärtlich, niemals wurde es ihr zu viel, mir jeden Handgriff zum zehnten Mal zu erläutern. Und jeden Tag die gleiche Strecke abzufahren. Sie selbst fuhr gar nicht so gerne, war immer ein wenig verkrampft, wie aus den zittrigen und stoßweise gehenden Atemzügen ersichtlich war.

Ich sage mit Absicht ersichtlich, weil mir solche Wahrnehmungen die Sicht ersetzen. Und ich möchte fast behaupten, auf meine Weise sehe ich bedeutend mehr als jeder, der mit zwei gesunden Augen seine Umgebung und seine Mitmenschen betrachtet. Ich sehe mit meinem gesamten Körper, mit den übrig gebliebenen Sinnen, mit dem Gedächtnis. Und wer kann schon von sich behaupten, dass er den Winkel einer Kurve nur aus dem Körpergefühl heraus abschätzen kann? Ich kann es. Ich war stolz darauf, und Nadine war begeistert. Vielleicht konnte ich es nur deshalb. Ich wollte ihr zeigen, dass ich ein Mann war, ein ganzer Mann und kein Krüppel. Ein Mann, der sein Leben trotz allem liebt. Und die Frau, die es mit ihm teilt!

Nadine war die erste Frau, die dazu bereit war. Wie habe ich sie geliebt! Mehr, als man einem Menschen begreiflich machen kann. Und jetzt ist sie tot. Seit vier Tagen schon.

Die beiden Polizisten brauchten Minuten, ehe sie es aussprachen. Zuerst war nur von Nadines Wagen die Rede, den man beim Tannenwäldchen entdeckt hatte, dann von einer Frau. Es klang nach irgendeiner, es klang fast, als ob ich mir noch Hoffnung machen dürfe. Und es machte mich unvermittelt wütend, das Herumgerede, die bedächtige Ausdrucksweise des Älteren, das Knarren des Sessels, in dem der Jüngere unbehaglich herumrutschte. Es fehlte nicht viel, und ich hätte sie angeschrien, mir dieses widerliche Theater zu ersparen. Ich musste alle Kraft zusammennehmen, um mich zu beherrschen.

Ich fragte, ob es irgendwelche Zweifel an der Identität gebe und ob ich Nadine identifizieren solle. Ich fühlte, wie sie mich anstarrten, der Ältere musste sich räuspern, meine Frage beantwortete er vorerst nicht. Ich hätte Nadine identifizieren können, mit meinen Fingerspitzen hätte ich es gekonnt. Und ich hätte sie so gerne noch einmal berührt, wenn sie mich gelassen hätten. Aber sie lehnten das ab. Begannen mit ihren Fragen. In welchem Verhältnis ich zu Nadine gestanden hätte.

Es klang so nüchtern, aber irgendwie half mir das, die Beherrschung nicht zu verlieren. Ich wollte sie nicht verlieren, nicht vor zwei Polizisten, die sich keine Vorstellung von meinem Leben machen konnten. Von dem täglichen Kampf gegen Kleinigkeiten, von der Sehnsucht nach einer Frau, nach Liebe.

Offiziell galt Nadine als meine Wirtschafterin. Offiziell hatte sie sogar ein eigenes Zimmer im Haus bewohnt, aber im Grunde waren dort nur ihre persönlichen Dinge untergebracht. Von der ersten Nacht an hat sie neben mir gelegen. Ich hätte sie aus Tausenden von Frauen herausgefühlt. Es gab ein paar unverwechselbare Merkmale. Eine winzige Erhebung neben ihrem linken Nasenflügel, wahrscheinlich ein Muttermal. Die eigenwillige Form ihrer Augenbrauen, ich hatte sie mehr als einmal mit meinen Fingerspitzen nachgezeichnet, jedes einzelne Härchen gespürt. Dann war da eine kleine sternförmige Narbe auf ihrem rechten Oberschenkel, drei Fingerbreit unter der Leistenbeuge. Und nicht zuletzt die Narbe am Hals, ziemlich frisch und wulstig.

Ich beschrieb ihnen diese Kennzeichen und bat noch einmal darum, dass sie mich zu ihr ließen, nur dieses allerletzte Mal. Sie mussten doch verstehen, was es für mich bedeutete. Abschied nehmen von der Frau, bei der ich ein Mann hatte sein können, ein vollwertiger Mann. Jedem wird dieses Recht zugestanden. Mir nicht! In ihren Augen war ich ein Krüppel, brauchte vielleicht Schonung, was weiß ich.

Der Jüngere rutschte heftig im Sessel herum. Der Ältere hatte sich nicht hingesetzt, er war beim Fenster stehen geblieben, schaute vermutlich hinaus, ich hörte an seiner Stimme, dass er sich von mir abgewendet hatte. Er erklärte mir, er würde meiner Bitte ja gerne entsprechen, doch sei das unmöglich. Die Frau, die gestern Abend vom alten Schneider aufgefunden worden sei, habe im Bach gelegen, seit mindestens drei Tagen.

Und es war wieder einmal Spätherbst, es hatte viel geregnet in den letzten Tagen und Wochen. Der Bach führte Hochwasser. Der Polizist erwähnte noch die milde Witterung. Ich wusste nicht gleich, was er damit ausdrücken wollte, und er mochte nicht deutlicher werden. Nach einer Weile begriff ich dann, was er meinte. Es war wohl so, dass ich Nadine gar nicht mehr hätte erkennen können. Von der Weichheit und Festigkeit ihrer Haut schien nicht mehr viel übrig nach drei Tagen im Wasser. Ich hätte weinen mögen bei der Vorstellung. Ich spürte, wie es in die Kehle und die Nase aufstieg, aber ich beherrschte mich, weil ich nicht wie ein Schwächling vor ihnen dastehen wollte.

Der ältere Polizist bemerkte offenbar, dass ich um Fassung rang. Er versuchte, mich abzulenken, fragte nach einer Fotografie. Danach hatte auch der Beamte gefragt, der meine Vermisstenmeldung drei Tage zuvor entgegengenommen hatte. Ich besaß keine. Was hätte ich denn mit einer Fotografie anfangen sollen, das Papier streicheln, die glatte Oberfläche betasten?

Dann stellte er weitere Fragen. Wann genau Nadine fortgegangen sei, welches Ziel sie gehabt und ob sie vielleicht etwas Besonderes mitgenommen habe. Ich sagte ihm, Nadine habe vor vier Tagen in die Stadt fahren wollen, um ein paar Einkäufe zu machen. Sie habe mich noch gefragt, ob ich sie begleiten möchte, wo ich sie doch so gerne begleitete. Aber an dem bewussten Nachmittag wartete ich auf einen Anruf meines Anwalts, der mir in einer fast aussichtslos erscheinenden Sache zur Seite stand.

Seit zwei Jahren werde ich nun gedrängt, mein Land, einschließlich des Stücks beim Bach, des Tannenwäldchens, mit dem sich für mich so viele Erinnerungen verknüpfen, zu verkaufen. Sogar mit Enteignung hat man mir schon gedroht. Sie spekulieren auch auf mein Haus, ich weiß das. Ich bin der Letzte im Dorf. Alle haben sie vor der Grube kapituliert, ihren Besitz aufgegeben, sich eine neue Heimat zuweisen lassen. Wie oft hat mich Nadine bei unseren Fahrten hinaus zum Tannenwäldchen auf die Möbelwagen aufmerksam gemacht. Ein Haus nach dem anderen wurde aufgegeben. Vor sechs Wochen zog auch der alte Schneider mit seiner Familie fort. Da war ein wenig Unbehagen in Nadines Stimme gewesen, als sie sagte: «Jetzt sind wir ganz alleine hier, Fred.»

Ganz allein! Sie fürchtete sich, ich wusste das. Das sterbende Dorf war ihr unheimlich. Weit und breit kein Mensch mehr, der einen Hilfeschrei gehört hätte. Arme Nadine, es war ihre Vergangenheit, die wie mit Bleigewichten an ihr hing. Einmal fragte sie mich sogar, ob ich mit einer Waffe umgehen könne. Es gab noch etliche Waffen im Haus, die Jagdgewehre meines Vaters, auch zwei Pistolen. Ich konnte sie reinigen, ich konnte sie laden, ich konnte sie sogar abschießen. Nur treffen konnte ich natürlich nicht damit. Aber einmal tat ich Nadine gegenüber so, als könne ich auch das.

Es war ein simpler Trick. Ich hatte ihn so oft mit Karl Schneider geübt, und ich dachte, es würde Nadine ein wenig beruhigen, wenn ich ihn ihr vorführte. Ich nahm eines der Gewehre, wir gingen in den Garten. Ich wusste genau, wie weit ich zu gehen hatte, wie ich das Gewehr halten und in welche Richtung und Höhe ich den Lauf drehen musste.

Es gab da eine Vogelscheuche, sie stand seit

Jahr und Tag am gleichen Fleck, bekam in jedem Frühjahr einen neuen Hut aufgesetzt und eine neue Jacke umgehängt. Ich sagte zu Nadine, sie möge an der Jacke rascheln und sich dann sofort auf den Boden werfen. Als ich hörte, dass sie sicher lag, schoss ich ein Loch in den Hut.

Der ältere Polizist sprach wieder. Ob mir vielleicht sonst etwas aufgefallen sei? Ob es möglich sei, dass Nadine von ihren Einkäufen zurückkam, ohne dass ich etwas davon bemerkte, dass sie das Haus erst spät am Abend wieder verließ. Es gab nämlich einen Zeugen, der Nadines Wagen an dem bewussten Tag auf der Hauptstraße hatte vorbeifahren sehen, am späten Abend. Und dieser Zeuge schwor Stein und Bein, Nadine sei nicht allein gewesen. Am Steuer habe ein Mann gesessen. Dafür sprach auch die Position des Fahrersitzes. Es müsse ein großer Mann gewesen sein, sagte der Polizist.

Ein großer Mann! Ich fühlte, wie mir das Blut in den Kopf stieg, konnte kaum noch atmen. Warum sprach er denn nicht weiter? Worauf wartete er? Das Blut rauschte in meinen Ohren, und ich konnte nicht hören, ob er sich bewegte. Starrte er mich an? Wahrscheinlich tat er das.

Ein paar Sekunden lang. Dann nannte er den Namen des Zeugen, Karl Schneider. Karl war anscheinend an dem Tag noch spät auf dem verlassenen Hof gewesen, um etwas aus der Scheune zu holen, um etwas nachzusehen. Ich weiß es nicht.

Der Polizist erklärte es, aber ich verstand nur noch, dass Karl wegen der Dunkelheit keine genaue Beschreibung des Mannes abgeben konnte. Und ich dachte an Nadines Angst, an den erstaunten und erschreckten Ausruf, als ich ein Loch in den Hut der Vogelscheuche schoss. Und wie sie dann an meinem Hals hing. «Fred, Liebling, das ist ja phantastisch. Du würdest ihn erschießen können, nicht wahr? Du würdest ihn töten können, wenn er hierher käme?»

Ich hatte genickt, einen Arm um sie gelegt, ihr Zittern gespürt. Ich hatte gesagt: «Ja, das könnte ich. Ich müsste ihn nur hören, wenn er sich bewegt. Und ich würde es tun. Aber ich glaube nicht, dass er hierher kommt.»

ER! Ein Monstrum, ein Verbrecher, gewissenlos und grausam. Er war gekommen, und ich hatte ihn nicht bemerkt.

Es war mir plötzlich alles zu viel. Ich

wünschte, die Polizisten wären gegangen und hätten mich in Ruhe gelassen. Mir ging alles durcheinander im Kopf. In der einen Sekunde dachte ich an Nadine, hörte ihre Stimme, die Atemlosigkeit darin, in der nächsten dachte ich daran, dass ich Karl würde anrufen müssen, dass er seine Frau in der nächsten Zeit schicken musste, so lange jedenfalls, bis ich wusste, wie es weiterging. Bevor ich Nadine bei mir aufnahm, war Karls Frau dreimal in der Woche gekommen, um die gröbsten Arbeiten und die Einkäufe für mich zu erledigen.

Der Polizist sprach sein Bedauern darüber aus, dass er mir die Einzelheiten nicht ersparen konnte. Die Frau im Bach, sagte er, sei erdrosselt worden, sie habe, als der alte Schneider sie fand, noch einen Seidenschal um den Hals gehabt. Und ob Nadine einen solchen Schal besessen habe, einen blauen Schal.

Blau. An die Farben erinnere ich mich noch, sie sind nicht einmal verblasst mit den Jahren. Der blaue Himmel in einem Bilderbuch, die sattgelbe Sonne, das Gras so grün, wie es in Wirklichkeit nirgendwo war, damals nicht, daran wird sich kaum etwas geändert haben. Ein blauer Schal aus Seide. Ich hatte ihn nur drei Monate zuvor für Nadine gekauft. Er gefiel ihr, sie sagte, er passe so gut zu ihren Augen.

Blaue Augen. Man kann die Farbe der Augen nicht ertasten, niemand kann das. Karl hat mir gesagt, dass Nadines Augen blau seien, ein sehr dunkles Blau, sagte er damals, als er sie mir beschrieb. Damals, so lange ist es noch gar nicht her, aber man gewöhnt sich so rasch an einen Menschen, an die Zärtlichkeit, an die Hingabe, an die Liebe, dass ein paar Monate wie eine Ewigkeit erscheinen.

Karl fuhr mich lange Jahre regelmäßig in die Stadt, einmal in der Woche, meist am Samstagabend. Er brachte mich in eine Bar, manchmal blieb er bei mir. Wir tranken ein oder zwei Gläser zusammen, unterhielten uns über vergangene Zeiten, über das sterbende Dorf und die Unbarmherzigkeit, mit der die Grube das Land vernichtete. Über meinen Widerstand, den Karl sehr gut verstand.

Und während er sprach, schaute Karl sich um. Er suchte für mich aus. In all den Jahren hat er sich schuldig gefühlt, weil er es war, der damals die Flüssigkeit ins Feuer goss, ich weiß das. Wir haben nie darüber gesprochen, aber Karl zahlte seine Schuld mit diesen Samstagabenden ab. Ein Mädchen für eine Nacht. Es war nie leicht, eines zu finden. Nicht, dass ich besonders hohe Ansprüche gestellt hätte. Aber die Stichflamme damals hat schlimme Narben in meinem Gesicht hinterlassen.

Ich hatte mich damit abgefunden, dass ich nie eine Frau finden würde, die bereit war, bei mir zu bleiben, dass ich für die Nächte und die Zärtlichkeiten zahlen musste. Bei manchen Frauen spürte ich so überdeutlich die Scheu, mich zu berühren, dass ich sie gar nicht erst mit heim nahm.

Nadine war anders, vom ersten Augenblick an ganz anders. Sie sei wunderschön, sagte Karl. Und für mich ist Schönheit, speziell die Schönheit einer Frau, immer noch vergleichbar mit dieser Seite im Bilderbuch. Der blaue Himmel, die sattgelbe Sonne. Und im grünen Gras eine wunderschöne Fee, die einem kleinen Jungen drei Wünsche erfüllt.

So habe ich Nadine gesehen, meine Fee, manchmal nannte ich sie auch so. Ihr Haar war lang und weich. Ich liebte es, ihr Haar durch

meine Finger gleiten zu lassen. Und ihr Körper
… Sie sagte einmal, dass sie so viel Zärtlichkeit
noch bei keinem Mann gefunden habe. Und ich
erklärte ihr, dass ich mir nur durch dieses sanfte
Tasten eine Vorstellung verschaffen könne.

Für die erste Nacht habe ich sie bezahlt. Es
schockierte die Polizisten offenbar, das zu hören. Aber sie mussten es doch wissen. Nadines
Vergangenheit ist der Schlüssel zu ihrem Tod.
Sie mussten auch wissen, wie sehr ich Nadine
geliebt hatte.

Und ich ging davon aus, dass sie mich liebte,
als sie nach der zweiten Nacht das Geld auf dem
Tisch liegen ließ. Sie sagte mir nicht einmal,
dass sie es nicht genommen hatte. Karls Frau
machte mich darauf aufmerksam, als sie tags
darauf zum Saubermachen erschien.

Es war ein Risiko für Nadine, ein großes Risiko sogar, mein Geld nicht zu nehmen. Sie war
nicht so frei in ihren Entscheidungen, wie sie es
gerne gewesen wäre. Mehrfach wurde sie böse
verprügelt, weil sie mit leeren Händen kam.
Und einmal trug sie diese schlimme Verletzung
am Hals davon.

ER! Es fühlte sich an, als habe er versucht, ihr

die Kehle durchzuschneiden. Dabei nannte er sich selbst ihren Beschützer. Das war er nie, er war nur ein kleiner, mieser Zuhälter. Als ich diesen Ausdruck den beiden Polizisten gegenüber gebrauchte, konnte ich ihre Zustimmung fühlen. Ein kleiner, mieser Zuhälter, ein Mann, der vor nichts zurückschreckt.

Nadine war ein Callgirl gewesen, bevor sie zu mir kam. Aber ich möchte nicht wissen, wie viele junge Mädchen auf die Versprechungen dieser Sorte von Beschützer hereinfallen und im Sumpf aufwachen, aus dem sie sich aus eigener Kraft nicht mehr befreien können.

Aus eigener Kraft nicht, das war auch Nadine durchaus klar. «Ich bin nicht so stark wie du, Fred», sagte sie zu Anfang einmal. «Ich habe Angst vor Schmerzen. Ich weiß genau, wenn er mich wieder schlägt, tue ich auch wieder, was er von mir verlangt.»

Einen Namen. Für die Polizei sind Namen immer so wichtig. Ich kenne seinen Namen nicht. Nadine hat ihn nie erwähnt. Sie sprach immer nur von ihm und von der Angst, die sie vor ihm hatte. Ich kannte sie seit sechs Wochen, als ich ihr den Vorschlag machte, zu mir zu ziehen. Sie lag neben mir auf dem Bett, und sekundenlang vergaß sie zu atmen. Dann warf sie sich herum und erstickte mich fast mit ihren Küssen.

Sie weinte dabei, schluchzte verhalten: «Du meinst das ganz ernst, nicht wahr? Es stört dich nicht, wie ich bisher gelebt habe. Ich würde so gerne für immer bei dir sein.»

Sie wolle mit ihm reden, gleich am nächsten Tag, sagte sie. Doch bei ihrem nächsten Besuch wirkte sie so bedrückt, sie hatte einfach den Mut nicht aufgebracht.

«Dann lass es», sagte ich, «du bist ihm gegenüber zu nichts verpflichtet.»

Aber Nadine erklärte mir, dass es in diesen Kreisen üblich sei, eine Frau wie eine Ware zu sehen. Und Waren verkauft man. Wenn ich bereit wäre, eine Art Ablösesumme für sie zu zahlen ...

Nun gut, ich bin nicht arm. Ich habe von meinem Vater ein stattliches Vermögen geerbt, und ich hatte zu dem Zeitpunkt, als von dieser Summe die Rede war, bereits einen Großteil des Landes hinter dem Tannenwäldchen verkauft, Futter für die Bagger. Ich hätte es mir leisten können, und vielleicht hätte ich zahlen sollen, allein schon, um Nadine die Furcht zu nehmen. Aber ich wollte doch keine Sklavin kaufen, ich wollte eine Frau, die bei mir war, weil sie mich liebte.

Die beiden Polizisten verstanden meine Beweggründe. Der jüngere murmelte etwas, der ältere sprach offen aus, was er dachte: «Halten Sie es für möglich, dass Ihre Weigerung der Grund für einen Racheakt gewesen sein könnte?»

Ob ich es für möglich halte? Ich halte es nicht nur für möglich, ich weiß es. Heute weiß ich es, aber ich weiß es noch nicht lange. Ich hatte bis dahin nie mit solchen Leuten zu tun gehabt. Ich hatte keine Vorstellung, wie sie reagieren und wozu sie fähig sind. Wenn es um Geld geht, sind sie wie Wölfe, die ein Stück Fleisch riechen. Sie können nicht eher Ruhe geben, bis sie das ganze Stück verschlungen haben. Ich muss die Zeit mit Nadine unterteilen in die Stunden der Leidenschaft und die Stunden der Wölfe.

Die Stunden der Leidenschaft … Sie war eine hinreißende Geliebte, sanft und unersättlich, mit einem untrüglichen Gespür für meine Wünsche und Stimmungen. Mal war sie schüchternzurückhaltend, ließ sich in endlos langem Spiel erobern und besiegen. Dann wieder war sie fordernd, wandte ohne falsche Scheu all die Tricks und Finessen an, die ihr Vorleben sie gelehrt hatte. Sie liebte es, wenn ich ihr am Morgen nach solch einer Nacht das Frühstück ans Bett brachte, und wunderte sich immer von neuem darüber, dass ich ohne jede Hilfe zurechtkam.

«Wenn man sieht, wie du dich bewegst», sagte sie, «kann man nicht glauben, dass du blind bist.»

In den ersten Wochen erstaunte es sie immer wieder, dass ich mich auch außerhalb des Hauses nicht mit Hilfe eines Stockes vorwärts tasten musste, dass ich es sogar ablehnte, mich von einem Hund führen zu lassen. Mehr als einmal erzählte ich ihr, wie ich mich von frühester Jugend an mit dem Boden vertraut gemacht hatte.

Von der Haustür aus drei Schritte bis zur ersten Stufe der Freitreppe. Acht Stufen hinunter und die Schritte bis zur Einfahrt, dann ein wenig rechts, nur eine leichte Drehung, ein stumpfer Winkel von etwa dreißig Grad und achthundertzwanzig Schritte bis zu Schneiders Hof, immer geradeaus die Hauptstraße hinunter.

Oder meine Spaziergänge, die holperigen Wege unter den Schuhsohlen, das automatische Zählen jedes Schrittes. Wir gingen in den ersten Wochen oft gemeinsam die Wege ab. Und ich war es, der Nadine führte. Ich legte den Arm um ihre Schultern, beschwor die Erinnerung herauf. Immer beginnend mit dem Satz: «Ich weiß nicht, wie es heute aussieht, aber damals ...»

Und sie erklärte mir, was sich verändert hatte, viel war es noch nicht. Erst weit hinter dem Tannenwäldchen begann die Zerstörung. Wie eine Wüste aus Staub, sagte Nadine, ein Loch, ein riesiges Loch in der Erde. Dann war ich sogar dankbar, dass ich es nicht sehen konnte.

Wenn der Wind günstig stand, hörten wir nachts den Bagger, und jedes Mal sagte Nadine: «Ich kann verstehen, dass du nicht aufgibst.»

Jetzt werde ich wohl. Verkaufen und weggehen. Ich weiß nicht, ob ich es noch einmal ertragen könnte, die Wege entlangzugehen und mich zu erinnern. Wie es war, mit dem Arm um ihre Schultern. Und da draußen auf der Decke am Waldsaum, nicht zu dicht an der Böschung und doch nahe an der Stelle, an der Karl vor langen

Jahren eine Flüssigkeit auf ein Feuer goss, das nicht brennen wollte.

Da habe ich sie oft geliebt, und dann war ich es, der eine Flüssigkeit auf ein Feuer goss, und Nadine war die Flamme, die mich versengte. Aber das konnte ich den beiden Polizisten nicht sagen. Und die Stunden der Wölfe …

Ich hatte mich zu sicher gefühlt. Nadine war zu mir gekommen mit zwei Koffern und ihrem kleinen Wagen, mit einem Seufzer der Erleichterung, der Befreiung vielleicht, und nichts war geschehen. Wochenlang geschah nichts. Wir machten unsere Spaziergänge, fuhren mit ihrem Wagen durch das schon fast völlig verlassene Dorf, zählten die letzten noch bewohnten Häuser. Wir fuhren in die Stadt, machten Einkäufe. Wir fuhren zur Bank, in den ersten Wochen mit Nadine war ich öfter in der Bank als vorher in einem Jahr. Bis dahin hatte Karl das für mich erledigt. Jetzt brauchte ich ihn nicht mehr.

Es machte Spaß, Geld abzuheben und diese Papierfetzen gegen Nadines Freudenseufzer einzutauschen. Kleider, Röcke, Schuhe, Taschen und immer wieder die kleinen Wermutstropfen in ihrem Jubel. «O Fred, dieses Kleid ist ein Gedicht, wenn du es nur einmal sehen könntest.»

Ich konnte es spüren, das reichte mir. Ich konnte fühlen, wie sich der Stoff an ihren Körper schmiegte, wie ein Strumpf ihr Bein umschloss, die glatte Haut noch glatter und so seidig machte. Wie ein Rock ihre Hüften betonte oder der Spitzeneinsatz einer Bluse ihre Brüste.

Und dann, am Freitag in der letzten Augustwoche, kamen wir von solch einem Einkaufsbummel zurück. Nadine verschloss noch den Wagen, ich ging bereits mit einigen Päckchen und Tüten in der Hand die Freitreppe hinauf, öffnete die Haustür und trat ein. Zehn Schritte durch die Diele, geradeaus auf die Tür zum Wohnraum zu. Die Tür stand offen, sie stand immer offen. Und ich wusste noch, dass man, wenn man das Haus gerade betreten hatte, durch diese offene Tür hinaus auf die Terrasse sehen konnte und weiter über das Land.

Früher hatte ich oft die Traktoren auf den Feldern gehört. Jetzt war da ein anderes Geräusch, das Knarren des Sessels. Es war jemand im Wohnraum. Hätte er sich nicht in dem Augenblick bewegt, als ich die offene Tür erreichte, hätte ich seine Anwesenheit vielleicht nicht bemerkt. Hinter mir kam Nadine ins Haus, schloss die Tür. Das Klappern ihrer Absätze auf dem Steinboden der Diele übertönte jeden verräterischen Atemzug.

Für einen Augenblick war ich ganz lahm. Statt mich herumzuwerfen, Nadine mitzureißen und vor jeder Gefahr zu schützen, wartete ich nur auf einen erstaunten Ausruf, auf irgendetwas, mit dem Nadine mir verriet, wer auf uns wartete. Aber nichts dergleichen. Sie kam zu mir, ganz unbefangen, die Stimme ebenso leicht wie ihre Schritte. «Gib mir die Sachen, ich bringe sie gleich nach oben, Liebling.»

Ihre Hände griffen nach den Päckchen und Tüten, sie hauchte mir einen Kuss auf die Wange. «Kümmerst du dich um das Essen?» Dann ging sie zur Treppe. Das Klappern der Absätze ging in ein dumpfes Pochen über, als sie die hölzernen Stufen hinaufschritt. Ich versuchte mir einzureden, dass ich mich getäuscht hätte, und ging hinüber zur Küche. Aber das Gefühl im Rücken werde ich nie im Leben vergessen. Sämtliche Muskeln zogen sich zusammen, die Härchen im Nacken richteten sich auf, ich wartete förmlich auf einen Schlag oder einen Stoß.

Als Nadine wenig später in die Küche kam, hatte ich den Tisch gedeckt und zwischen den Geräuschen, die ich dabei zwangsläufig verursachte, unentwegt in die Diele gehorcht. Aber da war nichts, absolut nichts. Trotzdem, den ganzen Abend war ich unruhig. Das Geräusch war eine Tatsache gewesen, die ich nicht leugnen und mir nicht erklären konnte.

Erst als ich jetzt zu den Polizisten darüber sprach, als der jüngere sich im Sessel erneut bewegte und ich gleich darauf das leichte Vorbeistreifen von Stoff an Mauerwerk hörte, da begriff ich, warum Nadine nicht reagiert hatte. Sie hatte niemanden gesehen, der Sessel stand dicht bei einem Wandvorsprung. Das Knarren war entstanden, als der Mann im Sessel sich erhob und einen Schritt zur Seite hinter den Mauervorsprung trat. Ich hatte mich nicht getäuscht. Wir waren an dem Abend, vermutlich auch noch in der folgenden Nacht, nicht allein im Haus gewesen.

In dieser einen Nacht war ich aufmerksamer als sonst, ich schlief kaum, lauschte unentwegt in die Dunkelheit und hörte doch nichts weiter als Nadines Atemzüge. Und am nächsten Morgen beruhigte ich mich endgültig, war so fest von meinem Irrtum überzeugt, dass ich jede Vorsicht vergaß. Es muss nach dieser ersten noch ein Dutzend weiterer Nächte gegeben haben, in denen sich ein ungebetener Gast in den Räumen herumtrieb.

Spielt es noch eine Rolle, wie er hereingekommen ist? Manchmal stand wohl ein Fenster offen, aber diese Sorte Mensch wird auch von verschlossenen Türen nicht aufgehalten. Er hat uns belauscht, vielleicht sogar beobachtet, wie ich Nadine liebte. Der Gedanke, dass er bei der offenen Tür stehen und zum Bett hinsehen konnte, ohne dass ich seine Anwesenheit auch nur ahnte, macht mich rasend.

Ich hatte mich geweigert, ihm die Frau abzukaufen, die ich liebte. Er holte sich den Lohn auf seine Weise. Wie hätte ich es bemerken sollen? Ich taste mich nicht an den Wänden entlang, wenn ich durch das Haus gehe. Und es gibt so viele Räume, die seit dem Tod meiner Eltern gar nicht mehr genutzt werden. Sie sind nicht verschlossen, das waren sie nie. Karls Frau hielt sie lange Jahre sauber. Sie hätte mich aufmerksam machen können, dass im Haus etwas nicht mit rechten Dingen zuging. Aber sie kam ja nicht mehr, seit Nadine bei mir war.

Und wir beschränkten uns auf die Räume im Erdgeschoss, das Speisezimmer, den Wohnraum, die Küche. Im ersten Stock benutzten wir nur mein Schlafzimmer, das Bad und den Raum, in dessen Schränken Nadine ihre Habseligkeiten eingeräumt hatte. Und da war das Zimmer meiner Mutter am Ende des Ganges. Ein paar kostbare Teppiche auf dem Boden, ein paar Bilder an den Wänden und die Schatulle nicht zu vergessen, in der meine Mutter ihren Schmuck aufbewahrt hatte.

Manchmal schreckte mich nachts ein Knarren aus dem Schlaf, und immer dachte ich, es ist das Holz oder der Wind. Er muss auf Gummisohlen geschlichen sein. Vielleicht hat er auch die Zeit genutzt, in der wir Spaziergänge machten. Ich möchte nicht wissen, wie oft er mit einem Wagen vorgefahren ist und größere Stücke verladen hat, während wir in Nadines Wagen umherfuhren. Während sie das Steuer in den verkrampften Händen hielt, während ich zählte.

Achtzehn, vom Anlassen des Motors bis zur Straße, langsames Rollen. Dann ein Dreh nach rechts auf die Straße. Achtunddreißig bis zur ersten Kurve, nur ein sanfter Bogen, und neunundsechzig bis zum Ortsrand. Das Dorf ist nie sehr groß gewesen. Der Bogen nach links etwas schärfer. Fünfundsiebzig bis zum Ticken des Blinkers. Außer uns war niemand unterwegs, aber Nadine setzte den Blinker aus Gewohnheit, ehe sie von der Straße in den holperigen Weg einbog, der zum Tannenwäldchen führte. Dort stellten wir den Wagen ab, gingen am Waldsaum entlang bis zur Böschung. Sie fällt steil ab, wie tief, das weiß ich nicht mehr. Im Sommer ist sie tiefer als im Herbst, wenn der Bach nach endlosen Regenfällen ansteigt.

Und während Nadine die Decke im Gras ausbreitete, nahm er vielleicht die Mäntel meiner Mutter aus dem Schrank. Und während ich den leichten Stoff ihres Kleides verschob, darunter das feste, warme Fleisch ihrer Schenkel fühlte, trug er vielleicht ein kostbares altes Möbelstück die Treppen hinunter. Aber was immer er mir auch weggenommen hat, es reichte ihm noch nicht.

Die beiden Polizisten blieben fast den ganzen Nachmittag. Sie schauten sich im Haus um, ließen sich erklären, wie die einzelnen Räume früher möbliert gewesen waren, welche Teppiche auf den Böden gelegen, welche Bilder an den Wänden gehangen hatten.

Bevor sie gingen, legte der Ältere mir eine Hand auf die Schulter. Er tat es nur zögernd, wie ein Mensch, der nicht ganz sicher ist, ob sein Gegenüber derartige Berührungen mag. Dann sagte er, dass man in Nadines Wagen einige Gegenstände gefunden habe. Eine kleine Kassette mit Bargeld und ein paar Schmuckstücke, die Pistolen aus dem Waffenschrank meines Vaters, zwei kleine orientalische Brücken und den chinesischen Seidenteppich, der über dem Bett meiner Mutter an der Wand gehangen hatte. Er vermutete, dass Nadine sich damit habe freikaufen wollen. Dass ihr Mörder jedoch nur noch seine ganz persönliche Rache wollte. Nadines Beweggründe kann ich nicht nachvollziehen, doch was ihren Mörder betrifft, konnte ich dem Polizisten nur zustimmen.

Seit die Polizisten fort sind, sitze ich hier. Ich bin ganz hohl im Innern und randvoll mit Erinnerungen. Es ist alles noch so frisch. Unser letzter Tag, die letzten Stunden mit Nadine, unser Frühstück am Morgen. Kurz nach Mittag machte ich einen Spaziergang. Den ganzen Vormittag über hatte es geregnet, doch gegen Mittag wurde die Luft klar. Nadine wollte mich nicht begleiten, sprach davon, noch ein wenig Ordnung im Haus zu machen, fragte mich, wie lange ich wegbleiben wollte, und versprach, bei meiner Rückkehr sei der Kaffee fertig.

Unser Kaffee am Nachmittag, diese Stunde mit ihr im Wohnraum, in der sie mir regelmäßig die Post vorlas. Zwei, drei Briefe pro Tag, meist nur Werbeschriften, in denen eine besondere Weinsorte oder sonst etwas angeboten wurde, hin und wieder ein Schreiben meines Anwalts, manchmal ein Brief von der Bank, Kontoauszüge und dergleichen.

Und dann kam ich zurück, früher als vereinbart. Ohne besonderen Grund, vielleicht nur, weil mir die Luft doch ein wenig zu feucht gewesen war. Ich kam nicht über die Straße zurück, nicht die Einfahrt hinauf, nicht durch die Haustür, wo sie mich gehört hätte. Auch ohne besonderen Grund. Ich kam durch den Garten, über die Terrasse. Über Mittag hatte ich selbst die Terrassentür geöffnet. Ich wusste nicht, ob Nadine sie inzwischen wieder geschlossen hatte. Ich streckte die Hand aus. Und ich hörte sie reden. Eine Antwort hörte ich nicht, sie telefonierte nur.

Ihre Stimme klang ein wenig gehetzt. Sie sagte, dass sie gepackt habe und gleich losfahren wolle. Die Koffer seien bereits im Wagen. Sie sprach von ihrer Furcht und ihrem Ekel. Und dass sie es keinen Tag länger ertragen könne, wie ein Stück Vieh betastet zu werden und dabei in diese Fratze zu sehen. Natürlich sei noch eine Menge zu holen, aber gefahrlos kein Pfennig mehr. Man dürfe mich nicht unterschätzen. Sie jedenfalls möchte nicht in der Nähe sein, wenn ein Anruf von der Bank käme. Und damit sei jetzt jeden Tag zu rechnen. Am Morgen sei wieder ein Brief von der Bank in der Post gewesen. Aber mit Briefen würden die es nicht mehr lange bewenden lassen, wenn keiner davon beantwortet werde.

Meine Hand drückte die angelehnte Terrassentür auf, und ich ging langsam näher auf ihre Stimme zu. Fünf Schritte bis zum Tisch, der Bogen um den Sessel, weiter zur Tür, die in die Diele führt. Das Telefon steht in der Diele. Ich wusste nicht, ob Nadine mit dem Rücken zum Wohnraum stand. Wenn nicht, würde sie mich sehen. Ich weiß nicht genau, was in mir vorging, es war so unwirklich wie ein Albtraum.

Ihre Stimme klang anders, ganz hart und gewöhnlich. Einmal lachte sie kurz auf, ein ordinärer Ton. Aber sie stand mit dem Rücken zu mir. Trug bereits den Mantel. Und den blauen Seidenschal um den Hals. Sie legte ihn immer nur lose um, sodass ich ihn an beiden Enden greifen und zuziehen konnte. Ich wartete damit noch, bis sie den Hörer auflegte.

Sie schrie, nicht sehr lange und nicht sehr laut. Dann kam ein Röcheln, und schließlich hing ihr gesamtes Körpergewicht an den Enden des Schals. Als ich sie losließ, folgte ein Poltern. Es war in dem Augenblick, als wäre ich mit ihr gestorben. Ich sah diese Bilderbuchseite vor mir, die wunderschöne Fee, die einem kleinen Jungen drei Wünsche erfüllte. Und die Erfüllung meiner Wünsche lag da zu meinen Füßen, ich war so glücklich gewesen mit ihr.

Zuerst wusste ich nicht, was ich tun sollte. Ich

dachte nur daran, dass ich nicht noch mehr verlieren wollte. Dass ich über lange Monate hinweg getäuscht worden war, belogen, betrogen, ausgenommen wie eine Weihnachtsgans. Ich fragte mich, wie oft sie ihm wohl zugeblinzelt hatte, wenn er bei der Tür stand und uns beobachtete. Ich erinnerte mich plötzlich auch an ihre sonderbare Gewohnheit, meinen Kopf so mit den Händen zu umfassen, dass meine Ohren bedeckt waren, während sie mich küsste.

Und dann dachte ich an meinen Traum, an diesen unerfüllbar scheinenden Wunsch, einmal, nur ein einziges Mal ihren kleinen Wagen zu steuern. Was mir danach noch durch den Kopf ging, war nur ein Bündel von Zahlen und die Bewegungen, die mein Körper bei jeder Fahrt registriert hatte. Wenn ich geahnt hätte, dass Karl im Dorf war … Wie leicht hätte ich ihn überfahren können!

Den Wagenschlüssel fand ich in Nadines Manteltasche. Ich zog mir den Ledermantel an, um in ihrem Wagen keine Spuren am falschen Platz zu hinterlassen. Faserspuren – ich hatte schon gehört, wie verräterisch sie sein können. Das klingt vielleicht, als wäre ich ganz kalt und nüchtern vorgegangen, aber so war es nicht. Es war eher so, dass ein Teil von mir gar nicht registrierte, was der andere tat.

Ich zog mir Handschuhe über und wischte den Schlüssel sorgfältig ab, ehe ich den Wagen öffnete. Die Koffer, von denen sie am Telefon gesprochen hatte, fand ich im Wagenfond. Ich lud sie aus, trug sie zurück ins Haus und setzte anschließend Nadine auf den Sitz, der immer mein Platz gewesen war. Den Kofferraum habe ich nicht kontrolliert.

Ein Fehler; als der Polizist von den Gegenständen sprach, wurde mir ganz heiß. Aber sie hatten sich ihre Version bereits zurechtgelegt, und an meiner zweifelten sie nicht. Wie sollten sie auch? Selbst wenn Karl ihnen eine Beschreibung des Fahrers gegeben hätte, mich hätten sie doch von vornherein ausgeschlossen.

Ich wartete noch, bis ich sicher sein konnte, dass es dunkel genug war. Dann drehte ich den Zündschlüssel und begann zu zählen. Achtzehn vom Anlassen des Motors bis zur Straße, langsames Rollen. Dann ein Dreh nach rechts auf die Straße. Achtunddreißig bis zur ersten Kurve, nur ein sanfter Bogen, und neunundsechzig bis zum Ortsrand. Der Bogen nach links etwas schärfer. Fünfundsiebzig, ehe das Holpern begann. Am Waldsaum brachte ich den Wagen zum Stehen.

Ich will nicht behaupten, es sei ein Kinderspiel gewesen oder ein Spaziergang. Ich will auch die schweißfeuchten Hände in den Handschuhen nicht verschweigen. Es war ein elendes Gefühl, hinter dem Steuer zu sitzen, das Brummen des Motors zu hören und keinen Atem neben mir, das Rollen des Wagens zu fühlen, Nadines Nähe und die Dunkelheit, in der ich lebe. Sie war an dem Abend dunkler als jemals zuvor. Und seitdem ist es so geblieben.

Der Hausmeister

Natürlich habe ich Vanessa geliebt. Und ich gehöre nicht zu den Menschen, denen solch eine Behauptung leicht über die Lippen kommt. Von der ersten Minute an habe ich sie geliebt bis zum Wahnsinn, das ist mir nur erst später bewusst geworden. Ob Vanessa für mich ebenso empfunden hat, weiß ich nicht genau. Darüber haben wir nie gesprochen. Man darf bei einem so jungen Mädchen wohl auch nicht zu viel erwarten. Aber was mich angeht, ich habe für sie getan, was ich konnte. Alles auf eine Karte gesetzt, meine Ehe, meinen Beruf, meinen guten Namen, alles habe ich für sie riskiert. Wenn das nicht Liebe ist, was ist es dann?

Vanessa hat mir vom ersten Augenblick an mehr bedeutet, als man mit Worten verständlich machen kann. Daran haben die letzten Tage nichts geändert. Sie war nicht unbedingt mein Leben oder die Luft, die ich zum Atmen brauche. Sie war mehr. Dieser gewisse Kick im Hirn, der plötzlich alles um hundertachtzig Grad dreht, dieses Feuer im Herzen, das sich zuerst nur hinter den Rippen ausbreitet, dann in den Bauch hinabsteigt und schließlich sogar Arme und Beine ausfüllt. Und den Kopf, den Kopf nicht zu vergessen.

Ich hatte gelegentlich schon von solchen Fällen gehört, dass es einen Mann um den Verstand bringt und er an gar nichts anderes mehr denken kann, dass er seine Pflichten vernachlässigt, seine Familie von heute auf morgen im Stich lässt, nur um mit einer anderen Frau zu leben. Weil diese andere Frau etwas hat, was der betreffende Mann sonst nirgendwo findet.

Aber ich selbst kannte das nicht, und ich hielt solche Schilderungen immer für leicht übertrieben. Bis zu dem Tag, an dem ich Vanessa traf, war bei mir eigentlich alles normal, ein Durchschnittsleben ohne besondere Aufregungen.

Mit 24 Jahren habe ich Gerti geheiratet. Es war immer eine ruhige Beziehung, friedlich und harmonisch. Wir haben uns gut verstanden, in jeder Hinsicht. Kein Streit ums Geld und um Sex erst recht nicht.

In dem Punkt ist Gerti ziemlich anspruchslos. In den ersten Jahren schlief ich regelmäßig mit ihr. Zweimal die Woche, es war immer ganz nett, nichts Besonderes, nichts Außergewöhnliches, aber Gerti war zufrieden damit. Und ich war es auch. Mir ist früher nie der Gedanke gekommen, dass ich meine besten Jahre verschleudert habe.

Dann kamen die Kinder, und es ließ nach. Damit muss man sich abfinden, dachte ich immer. Wir werden älter, wir kennen uns in- und auswendig. Und abends sind wir eben müde. Natürlich habe ich mich manchmal gefragt, ob das alles sein soll. Aber ich war nie scharf auf Abenteuer.

Gut, ich weiß, was hier über mich erzählt wird. Dass ich den jungen Mädchen nachgestiegen bin, dass ich sie im Aufzug belästigt oder ihnen draußen in den Grünanlagen aufgelauert habe. Wir hatten da einen Fall, das ist jetzt zwei Jahre her, da behauptete so ein junges Ding, ich sei in ihre Wohnung eingedrungen und habe sie unter der Dusche überfallen. Das ist purer Unsinn, einfach Wichtigtuerei, das hätte sie wohl gerne so gehabt.

In Wahrheit war es so, dass ich zufällig an der Wohnung vorbeikam und Wasserrauschen hörte. Da dachte ich natürlich gleich an einen Rohrbruch. Sollte ich da etwa abwarten, bis das Wasser im Stockwerk drunter durch die Decke kommt? Ich habe geklingelt, nicht nur einmal, zweimal mindestens. Geklopft habe ich wahrscheinlich auch, weiß ich nicht mehr so genau, ist ja auch unwichtig. Es machte keiner auf, aber ich hatte zufällig den passenden Türschlüssel dabei, also bin ich rein. Dass das Mädchen gerade unter der Dusche steht, konnte ich doch nicht ahnen.

Ich meine, wenn ich wirklich was von ihr gewollt hätte, dann wäre ich da nicht tagsüber so reingeplatzt, da hätte sich schon noch eine andere Möglichkeit gefunden. Und gerade die, die hatte es nötig, das Maul aufzureißen. Sie sah niedlich aus, richtig harmlos und naiv. Aber sie hatte es faustdick hinter den Ohren. In dem Sommer vor zwei Jahren habe ich selbst beobachtet, wie sie mit zwei Männern im Hausflur verschwand.

Das war zu der Zeit, als die Fassade einen neuen Anstrich bekam. Da bin ich so gegen zehn auf das Gerüst und habe mich mit eigenen Augen davon überzeugen können. Die trieb es mit zwei Männern gleichzeitig. Da ging es mit Juchhei über Tisch und Bett. Danach habe ich sie ein bisschen im Auge behalten. Vor der war keiner sicher, der Hosen trug.

Bei mir hat sie es auch versucht, hat sich dann wahrscheinlich rächen wollen, weil sie bei mir nicht landen konnte. Brüllt gleich los, als ich in ihrem Badezimmer auftauche. Ich bin ganz ruhig geblieben. Über so was rege ich mich doch nicht auf. Und mich mit so einer einlassen, das war bei mir nie drin.

Ich meine, ich habe wohl mal der einen oder anderen Frau nachgeschaut, auch mal gedacht, dass sie eine tolle Figur hat, eine bessere Figur jedenfalls als Gerti. Nach den Kindern war sie doch etwas in die Breite gegangen. Rein körperlich reizte sie mich kaum noch. Ist ja auch kein Wunder nach fast zwanzig Ehejahren. Ich schlief schon noch mit ihr. Aber zwei-, dreimal im Monat war in den letzten beiden Jahren schon oft.

Doch es ist nicht so, dass ich etwas vermisst hätte, jedenfalls habe ich nie bemerkt, dass mir etwas fehlt. Bis ich Vanessa traf. Ich sehe es noch so deutlich vor mir, als wäre es keine Stunde her. Sie war gerade eingezogen in eine kleine Wohnung im dritten Stock, und am Briefkasten musste noch das Namensschild ausgetauscht werden.

Wir haben da so kleine Messingschilder, die ich selbst graviere. Deshalb haben sie mich vor Jahren ja für den Hausmeisterposten genommen, weil ich fast alles selbst machen kann, all die kleinen Reparaturen, die in solch einer Wohnanlage täglich anfallen.

Das kann sich vermutlich kaum einer so richtig vorstellen, aber ich bin tatsächlich von morgens um sechs bis abends um acht im Einsatz. Dass ich bei so viel Arbeit keine Zeit habe, mich auch noch an jungen Mädchen zu vergreifen, ist doch klar, oder? Und ich habe ja um acht nicht Feierabend. Oft genug klingelt mich nach zehn noch einer raus, weil der Aufzug irgendwo festhängt oder weil er den Wohnungsschlüssel verloren hat. Das sind noch Kleinigkeiten. Den Aufzug bringe ich meist in wenigen Minuten wieder auf Touren, und wir haben Ersatzschlüssel für jede einzelne Wohnung.

Das sehen manche Mieter zwar nicht so gerne. Die denken vermutlich, ich würde dann während ihrer Abwesenheit herumschnüffeln. Aber so einer bin ich nicht. Ich sage immer zu Gerti: «Was die Leute privat machen, geht uns nichts an. Solange sie ihre Miete pünktlich überweisen und andere sich nicht belästigt fühlen, können sie von mir aus bis morgens feiern.»

Und wenn mal einer verreist ist, und es platzt ein Wasserrohr, ist alles schon vorgekommen, dann sind sie doch ganz dankbar, dass ich mir Zutritt verschaffen und den Schaden gering halten kann.

Das fällt alles in meine Zuständigkeit, spart Zeit und die Handwerker. Wasser, Strom, klemmende Türen und Heizkörperventile oder eben die kleinen Messingplatten für die Briefkästen.

Da stand ich gerade im Hausflur und wollte die Platte anschrauben, als Vanessa hereinkam. Ich hatte wie üblich vom Vornamen nur den ersten Buchstaben genommen. Das mache ich immer so, damit allein lebende Frauen nicht belästigt werden.

Ist alles schon vorgekommen. Es gibt ja solche Schweine, die suchen sich die Namen aus dem Telefonbuch und quälen die armen Frauen mit

obszönen Anrufen. Mit unseren Briefkasten-
platten kann das nicht passieren.

Da kam Vanessa also ins Haus, sah, was ich
tat, und blieb natürlich bei mir stehen. Sie trug
Schuhe ohne Absätze, so ganz flache, deshalb
war sie sogar noch etwas kleiner als ich. Sie
fragte, ob ich der Hausmeister sei, und als ich
nickte, lächelte sie.

Guter Gott, solch ein Lächeln hatte ich noch
nie gesehen, es ging mir durch und durch.
Wenn ich sage: Vanessa war eine Schönheit,
dann ist das in keiner Weise übertrieben.

Es hat wohl jeder seine eigene Vorstellung
von schön, aber ich kann mir nicht denken, dass
ein anderer an ihr irgendeinen Makel gefunden
hätte. Und wenn sie lächelte, war das fast so, als
ob ein Engel vor einem steht. Langes Haar, hell-
blond und so weich wie Seide, die Augen von
einem Blau, um das der Himmel sie beneiden
musste, ein kleiner Mund. Er schimmerte immer ein bisschen feucht, nur ein bisschen, gerade so viel, dass man sich daran nicht satt sehen konnte. Dann der Hals, die Figur, Arme,
Beine, es war wirklich alles perfekt an ihr.

Sie schaute sich die Platte mit ihrem Namen

an, fragte, warum denn der Vorname abgekürzt sei. Ich erklärte es ihr, und sie lächelte wieder, vielleicht nur, weil meine Stimme ein bisschen belegt klang und ich mich zweimal räuspern musste, ehe ich überhaupt eine Antwort geben konnte. Wahrscheinlich kannte sie ihre Wirkung auf Männer genau. Und sie wusste auch, dass sie von Männern so ziemlich alles haben konnte, wenn sie nur lächelte. Und wenn sie einen Mann dann noch berührte, bekam sie das letzte Hemd von ihm. Und die Hose gleich dazu.

Sie legte mir die Hand auf den Arm, nicht aufs Hemd, ich hatte die Ärmel aufgerollt, es war ziemlich warm an dem Tag. Da brach mir der Schweiß aus, und ich merkte auch genau, dass sich da bei mir etwas rührte. War mir richtig peinlich, sie musste schließlich auch sehen, dass sich meine Hose plötzlich ausbeulte. Und sie lächelte immer noch, strich mit der Hand ganz leicht meinen Arm hinauf und wieder hinunter.

Sie hätte doch lieber ihren ganzen Vornamen auf der Platte, sagte sie. Es sei doch ein schöner Name, ob ich nicht auch fände, dass Vanessa ein schöner Name sei.

Da hätte ich sie beinahe gefragt, ob es denn irgendetwas an ihr gäbe, was nicht schön sei. Ich konnte mir die Frage gerade noch verkneifen. Und dann habe ich für sie eine neue Platte graviert.

Bei der Abrechnung mit der Hausverwaltung gab ich einfach an, mir sei bei der ersten Gravur ein kleiner Fehler unterlaufen. Das war mir zwar bis dahin noch nie passiert, aber sie haben es anstandslos geglaubt und nicht weiter nachgefragt. Normalerweise sind sie ja ein bisschen kleinlich, und die Messingplatten sind nicht billig.

Ich kam erst abends dazu, die Platte anzuschrauben. Es war bestimmt keine Absicht, dass ich gerade damit beschäftigt war, als Vanessa heimkam. Zu der Zeit wusste ich doch noch gar nicht, wo und was sie arbeitet und wann sie Feierabend hat. Jedenfalls stand ich gerade wieder im Hausflur, als sie zur Tür hereinkam. Sie bewunderte die Arbeit. Und als ich ihr sagte, dass ich die Namen selbst eingraviere, sagte sie ein paar nette Worte, von wegen Geschicklichkeit und künstlerischer Arbeit.

Dann fragte sie, ob ich auch die Wohnungen

abnehme, wenn ein Mieter auszieht. Ich hätte natürlich einfach ja sagen können, aber meine Stimme war wieder so belegt, also nickte ich nur. Und da fragte sie, ob mir denn nicht aufgefallen sei, dass das Waschbecken in ihrem Bad einen kleinen Sprung habe. Das sehe so hässlich aus, sagte sie.

Ich konnte mich gar nicht an einen Sprung erinnern. Und ich bin immer noch sicher, er wäre mir aufgefallen. Und wenn nicht mir, dann Gerti. Wir nehmen die Wohnungen immer gemeinsam ab, weil vier Augen mehr sehen als zwei. Und manche Mieter sind ja so gerissen, die stellen sich genau so hin, dass sie die Flecken im Teppich oder die Kratzer an den Türen verdecken. Einer wollte uns mal einen zerbrochenen Klodeckel unterjubeln, gab sich großzügig, hatte einen Frotteebezug drübergespannt, den wollte er uns dalassen. Aber Gerti durchschaut die Leute immer schnell und kam ihm auf die Schliche.

Ich weiß noch, ich stand da mit Vanessa im Hausflur und fragte mich, was Gerti ihr wohl antworten würde. Dass sie selbst etwas in das Becken hat fallen lassen, vermutlich. Aber Gerti ist manchmal sehr hart, vor allem bei jungen Mädchen. Da hat sie immer ein bisschen Angst, wenn die mich anhimmeln, und dann wird sie eben manchmal grob. Ist vielleicht verständlich.

Ich konnte mir nicht vorstellen, dass Vanessa so gerissen war. Sie machte einen so unschuldigen Eindruck, allein ihr Lächeln. Ich wollte gleich mit ihr hinaufgehen und mir das Waschbecken anschauen. Das habe Zeit, meinte sie, sie bekäme noch Besuch, und sie wollte es mir eben nur gesagt haben, damit es später nicht hieße, sie selbst habe den Schaden verursacht.

Danach habe ich die halbe Nacht wach gelegen. Es war entsetzlich heiß und stickig in unserem Schlafzimmer. Gerti schnarchte leise vor sich hin. Und ich kam einfach nicht zur Ruhe, wälzte mich von einer Seite auf die andere, schwitzte wie ein Bauarbeiter im Hochsommer. Jedes Mal, wenn ich gerade eingenickt war, sah ich Vanessa vor mir stehen. Wieder auf ganz flachen Schuhen, sodass sie noch kleiner war als ich. In einem dünnen Hemdchen, unter dem sich ganz deutlich ihre Brüste abzeichneten. Wie kleine rosige Knöpfe standen die Warzen vor, und dann die schmale Taille, die langen, schlanken Beine. Und immer, wenn ich gerade eindöste, sagte sie, dass sie noch Besuch bekäme.

Besuch! Und das Waschbecken hatte einen Sprung. Wenn da nun ihr Vater oder ihre Mutter oder ein anderer älterer Verwandter gekommen war, mal ins Bad gehen musste, was mochte der von uns gedacht haben? Dass wir unschuldigen Kindern eine horrende Miete aus der Tasche ziehen und als Gegenleistung zersprungene Waschbecken bieten!

Gleich am nächsten Morgen ging ich in Vanessas Wohnung. Ich musste das tun. Das war so, als ob mich eine Faust im Rücken dorthin schiebt. Ich ging natürlich ohne Gerti, der hätte ich diesen inneren Zwang nicht erklären können. Und ich kam mir dabei auch ein bisschen wie ein Verbrecher vor, weil ich mich heimlich einschlich. Aber das verging, als ich dann die Tür hinter mir schließen konnte und sicher war, dass mich kein Mensch gesehen hatte.

Man sah noch deutlich, dass Vanessa gerade erst eingezogen war. Im Schlafzimmer standen Kartons herum. Das Bett war nicht gemacht, und davor lag das dünne Hemdchen auf dem

Boden, das Vanessa am Vortag getragen hatte.
Es roch intensiv nach einem leichten, süßlichen
Parfüm und ein ganz kleines bisschen nach
Schweiß. Und daneben lag ein winziger Slip,
nur so ein Dreieck aus schwarzer Spitze mit ein
paar Fäden, bei dem die Pobacken frei bleiben.
Der machte mich schon ein bisschen kribbelig.

Auch im Wohnzimmer herrschte ein ziem-
liches Durcheinander. Auf dem Tisch standen
ein voller Aschenbecher und zwei Gläser. Bier-
gläser, an einem davon waren deutliche Spuren
von Lippenstift. Das gleiche Rosa, das Vanessa
am Vortag auf den Lippen gehabt hatte. Und auf
dem Boden lagen ein paar leere Flaschen. Eine
davon war wohl nicht ganz leer gewesen, als sie
da hingelegt wurde, unter der Öffnung war jetzt
ein Fleck auf dem Teppich. Er war sogar noch
feucht.

Zuerst stellte ich die leeren Flaschen auf den
Tisch, dann ging ich in die Küche, fand eine an-
gebrochene Flasche mit Spülmittel, eine Schüs-
sel und ein Tuch. Ich machte eine warme Lauge
und rieb so lange, bis der Fleck verschwunden
war.

Vielleicht hätte ich das nicht tun sollen, aber

der Teppich war neu, erstklassige Qualität, darauf achtet die Hausverwaltung. Und solange ein Fleck frisch ist, kann man ihn meist noch leicht entfernen. Vanessa hatte den Fleck vermutlich nicht bemerkt. Es war anzunehmen, dass ihr Besuch die Flasche umgeworfen hatte. Denn nach einer Schlampe sah sie nun wirklich nicht aus. Danach ging ich dann ins Bad.

Das Waschbecken hatte tatsächlich einen Sprung, einen ganz frischen, er war noch nicht dunkel gefärbt. Und er war so winzig, dass man schon sehr genau hinsehen musste. Aber das Becken war ohnehin von einer älteren Sorte, ziemlich unmodern von der Form her.

Ich bin dann ins Lager und habe ein anderes geholt, ganz neue Lieferung, modische Form. Ich habe es auch gleich angebracht. Und dann habe ich abends gewartet, eigentlich nur, um Vanessa zu sagen, dass der Schaden bereits behoben sei. Damit sie keinen Schrecken bekommt und keine falsche Meinung. Sie sollte doch nicht denken, ich hätte während ihrer Abwesenheit herumgeschnüffelt und das neue Waschbecken nur als Vorwand benutzt. Aber sie kam nicht zur gewohnten Zeit.

Um acht musste ich zum Essen in unsere Wohnung. Danach beschäftigte ich mich noch eine Weile in den Grünanlagen. Wenn es so heiß ist, kann man den Rasen ja erst spätabends sprengen. Es ging schon auf zehn Uhr zu, das weiß ich genau, als Vanessa endlich kam. Nicht allein, da war so ein junger, schlaksiger Bursche bei ihr.

Sie bemerkten mich gar nicht. Ich stand halb hinter der Fichte links vom Hauseingang. So hatte ich Gelegenheit, mir den Burschen genau anzuschauen. Auf mich machte er nicht den besten Eindruck. Er hatte einen Arm um Vanessas Taille gelegt, sah aus, als wollte er sie jeden Augenblick vom Boden hochheben. Und den Kopf hielt er vorgebeugt, weil sie mehr als einen Kopf kleiner war als er. Er redete ununterbrochen auf sie ein. Was er sagte, konnte ich nicht verstehen. Ich sah nur, dass sie nickte. Dann suchte sie in ihrer Tasche nach dem Schlüssel. Ich wollte schon rufen, aber dann dachte ich, dass es auch Zeit hätte bis morgen.

Und dann lag ich wieder die halbe Nacht da. Gerti schnarchte, und ich kam nicht zur Ruhe. Immer wieder fragte ich mich, ob Vanessa das neue Waschbecken wohl bemerkt hatte und was sie jetzt von mir dachte. Und wie ich ihr am besten erklären konnte, dass ich keinerlei böse Absichten gehabt hatte.

Ich hatte den Slip und das Hemdchen wieder genau so auf den Boden gelegt, wie sie vorher gelegen hatten, da war ich mir ziemlich sicher. Aber ich hätte die Flaschen nicht auf den Tisch stellen dürfen. Vielleicht hielt Vanessa mich jetzt für einen Pedanten, vielleicht befürchtete sie, dass ich sie wegen des Teppichs zur Rede stellen würde, falls sie den Fleck doch selbst verursacht oder ihn zumindest schon bemerkt hatte.

Es ging auf drei Uhr zu, als ich es nicht länger aushielt. Ich schlich in die Küche, rauchte eine Zigarette und versuchte dabei, mit mir selbst ins Reine zu kommen. Ich weiß nicht, was mit mir los war. Mir ging dieser Bursche nicht aus dem Kopf. Vielleicht ihr Bruder, dachte ich die ganze Zeit und glaubte es selbst nicht. Aber wenn es nicht ihr Bruder gewesen war, dann vielleicht einer, der sich jetzt bei ihr einnisten wollte. Solche Fälle haben wir hier schon zuhauf gehabt, wirklich. Man soll gar nicht glauben, wie naiv manche Mädchen sind. Die nehmen jedes Wort für bare Münze, fallen auf jeden Tagedieb rein, der ihnen nur Honig um den Mund schmiert. Bis sie dann eines Tages aus allen Wolken fallen.

Um halb vier konnte ich die Ungewissheit wirklich nicht mehr ertragen. Wenn sie diesen Kerl nun mit in ihre Wohnung genommen hatte? Wenn der dort zudringlich geworden war, am Ende noch handgreiflich? So ein junges Mädchen traut sich doch kaum, laut um Hilfe zu rufen, vor allem dann nicht, wenn es gerade erst eingezogen ist. Was macht denn das für einen Eindruck auf die Nachbarn, nicht wahr? Dann lag sie jetzt vielleicht hilflos da.

Ich nahm die Treppen, der Aufzug macht nachts so viel Lärm. Licht machte ich auch nicht im Treppenhaus. Dort finde ich meinen Weg auch im Dunkeln. Und die Tür öffnen, das geht bei mir völlig geräuschlos. In der Wohnung war es auch nicht dunkler als im Treppenhaus. Außerdem weiß ich ja genau, wie die Wohnungen geschnitten sind. Erste Tür rechts das Bad, zweite Tür rechts das Schlafzimmer.

Vanessa war allein, und sie schlief. Es war sehr heiß im Zimmer, obwohl das Fenster weit offen stand. Sie hatte sich wohl ursprünglich mit einem dünnen Laken zugedeckt. Das lag jetzt am Fußende. Und Vanessa wirkte so rührend grazil, so zerbrechlich. Sie lag auf der Seite, trug nur einen dieser winzigen Slips. Ihre Haut schimmerte dunkel wie brauner Samt.

Ich blieb zuerst bei der Tür stehen, mir wurden die Knie weich. Als ich dann langsam zum Bett ging, drehte sie sich auf den Rücken. Ich werde das nie vergessen, mein Lebtag nicht. Die Beine leicht angewinkelt und zur Seite gekippt, lag sie da. Dieses Stückchen Stoff zwischen den Schenkeln, das war wie ein Versprechen. Und die Fäden waren an den Seiten nur mit einer Schleife gebunden. Ich musste nur einmal ziehen, da gaben sie schon nach.

Zuerst hatte ich natürlich Angst, dass sie aufwacht. Wahnsinnige Angst, wirklich, dass sie schreit und die ganze Nachbarschaft rebellisch macht. Da sind ja doch ein paar darunter, die mir alle Schlechtigkeit zutrauen.

Gerade im dritten Stock, da ist eine, Anfang vierzig, schätze ich, ein richtiger Donnerbrocken. Die bringt gut und gerne ihre zweieinhalb Zentner auf die Waage. Und dann läuft sie den ganzen Sommer über in Shorts rum. Im letzten Jahr hat sie sich bei Gerti über mich beschwert. Ich hätte sie im Aufzug belästigt. Als ob ich meine Finger nach einem Stück Speck ausstrecke.

Das habe ich nicht nötig, das nicht. Ich meine, hier laufen speziell im Sommer genug junge Dinger herum, bei denen es noch ein Genuss ist, genauer hinzusehen. Gerade wenn sie dann auf den Balkonen liegen. Da wird Gerti auch schon mal misstrauisch, wenn ich etwas an der Hausfassade zu reparieren habe, weil doch dieses junge Ding vor zwei Jahren so einen Blödsinn behauptete. Aber bei dieser Vettel, da hat Gerti nur gelacht. Nur würde ihr bei Vanessa wohl das Lachen vergehen.

Ich wollte wirklich keine Scherereien. Deshalb habe ich auch nur die beiden Schleifen aufgezogen. Angerührt habe ich Vanessa nicht. Angesehen, das ja, vielleicht eine Viertelstunde lang, war nur im Dunkeln nicht viel zu erkennen. Und dann bin ich wieder raus aus dem Schlafzimmer. Es wird sich jeder vorstellen können, was es mich an Überwindung und Selbstbeherrschung gekostet hat, aber die habe ich aufgebracht. Ich bin doch kein Wüstling, der nachts über ein unschuldig schlafendes Mädchen herfällt.

Im Wohnzimmer war ich noch kurz, das liegt genau gegenüber dem Schlafzimmer. Und die Tür stand offen. Ich wollte nur rasch nach dem Teppich sehen, ob der Fleck auch ganz rausgegangen war. Dazu musste ich natürlich Licht machen. Ich machte extra die Tür hinter mir zu, damit Vanessa nicht von dem Lichtschein aufgeweckt wird und am Ende noch denkt, es wäre ein Einbrecher in der Wohnung.

Die Kartons standen jetzt hier herum, das sah ich auf den ersten Blick. Aber wenn ein Mensch den ganzen Tag seinem Beruf nachgeht, und das tat sie ja, sonst hätte sie sich die Miete hier nicht leisten können, dann ist dieser Mensch abends froh, wenn er Feierabend hat. Und dann noch Kartons ausräumen und Ordnung machen, dazu fehlt dann vielleicht die Energie. Für so etwas muss man einfach Verständnis haben, gerade bei jungen Leuten. Ich gehe als Hausmeister ja viel mit jungen Leuten um, und ich habe immer Verständnis für sie.

Ich weiß auch nicht, wie es kam. Ich meine,

ich war hellwach, ziemlich nervös, aufgeregt, und die Beule an meiner Hose machte mir schwer zu schaffen, da beschäftigt man sich eben, um sich abzulenken. Ich dachte, ach nein, ich habe nicht darüber nachgedacht, es ging ganz automatisch.

Ich habe aufgeräumt. Zwei umgekippte Bierflaschen vom Boden genommen und auf den Tisch gestellt. Auf der Couch lagen ein paar Kleidungsstücke herum. Ein blaues T-Shirt, mit einem Hauch von Parfüm und Schweiß. Das habe ich ins Badezimmer getragen. Da stand ein Korb für schmutzige Wäsche, den hatte ich schon gesehen, als ich das neue Waschbecken anbrachte.

Dann habe ich noch die Bierflaschen in die Küche gebracht, einen Aschenbecher ausgeleert. Ich war so leise, wie ich konnte, aber ganz ohne Geräusche geht es natürlich nicht. Als Vanessa plötzlich vor mir stand, da bin ich zu Tode erschrocken. Ich hatte gerade die leeren Flaschen von der Küche raus auf den Balkon gestellt. Kam wieder rein, zog die Balkontür zu. Da stand sie bei der Küchentür, vom Hals bis zu den Füßen in das dünne Laken gehüllt.

Sie nahm die Sache mit Humor. Na, sie kannte mich ja inzwischen auch gut genug, und wahrscheinlich hat sie vom ersten Augenblick an gespürt, dass zwischen uns beiden etwas Besonderes ist. Sie habe zuerst geglaubt, sie träume nur, sagte sie. Und ob ich hier überall nachts den Heinzelmann spiele, da hätte ich aber sehr viel zu tun.

Ich wusste gar nicht, was ich ihr darauf antworten sollte. Dann ließ sie auch noch das Laken runter, drehte sich ein bisschen hin und her und wollte wissen, ob sie mir gefällt und ob ich vielleicht nur deswegen gekommen bin. Da konnte ich nur nicken und gleich darauf den Kopf schütteln, wirklich, keinen Ton habe ich rausgebracht.

Ob ich sie anfassen möchte, wollte sie wissen. Was hätte ich darauf noch antworten sollen? In die Arme habe ich sie genommen und ein wenig gehalten, damit sie begreift, dass ich ihr nichts Böses will. Sie war so weich, die Haut so glatt und warm. Und ich konnte deutlich fühlen, wie sehr sie das vermisst hatte. Einfach nur so gehalten werden, ein bisschen den Rücken streicheln lassen und den Po. Für solche Zärtlichkeiten nehmen sich die jungen Burschen ja gar keine Zeit mehr, nicht wahr? Die haben es immer so eilig, denen fehlt noch die Erfahrung und die Geduld, die man im Laufe der Jahre gewinnt.

Ja, und dann hat Vanessa mir gezeigt, was in den Kartons war, die noch im Wohnzimmer standen. Sie hat mir gesagt, wo ich die Sachen einräumen konnte. Es waren in der Hauptsache Bücher, sie studierte nämlich noch. Arbeitete nebenher, weil ihre Eltern nur einen kleinen Beitrag zu ihrem Unterhalt leisten konnten. Sie selbst hat sich dann wieder ins Bett gelegt, während ich einen Karton ausräumte. Daran sieht man, wie sehr sie mir vertraute.

Vom Bett aus hat sie mir noch ein paar Minuten lang zugeschaut und mich gebeten, dass ich die Bücher schön übersichtlich hinstelle, damit sie nicht so lange suchen muss, wenn sie ein bestimmtes Buch braucht. Deshalb konnte ich auch den zweiten Karton nicht gleich ausräumen. Für den Inhalt war einfach kein Platz mehr. Sie hatte da nur so ein kleines Regal an der Wand. Da hätte ich die Bücher doppelt und dreifach stapeln müssen. Da hätte sie ja im Leben keines wieder gefunden.

Als ich ging, schlief sie schon wieder. Sie lag auf dem Bauch. Ich küsste sie nur ganz leicht auf den Nacken und streichelte noch einmal ihren Rücken und ihren Po. Den leeren Karton nahm ich mit, damit er ihr nicht im Weg rumsteht.

Am nächsten Tag habe ich im Baumarkt ein schönes Regal gekauft. Ich hab's auch gleich angebracht. Das musste ich tagsüber machen, weil da ja Löcher gebohrt werden mussten. Aber bis auf die Dübel und die Regalbretter habe ich nichts angerührt, nur den Teppich noch schnell abgesaugt. Das hätte nachts zu viel Lärm gemacht, aber den Rest, den habe ich mir aufgehoben.

Gut, wir kannten uns zu dem Zeitpunkt noch nicht lange, aber das war fast schon wie eine stille Vereinbarung zwischen uns. Wir hätten ja nichts voneinander gehabt, wenn ich tagsüber aufgeräumt hätte. Nachts bin ich wieder hinauf zu Vanessa. Wartete nur noch, bis Gerti fest eingeschlafen war. Vanessa schlief noch nicht.

Sie stand unter der Dusche, als ich in die Wohnung kam. Während sie duschte, sorgte ich schnell für ein bisschen Ordnung in der Küche.

Da stapelte sich das schmutzige Geschirr von mindestens drei Tagen. Aber wann hätte Vanessa es denn abspülen sollen? Studium, Arbeit, ein bisschen Erholung brauchte sie schließlich auch. Im Wohnzimmer war nicht so viel zu tun, nur ein paar Sachen wegräumen.

Als sie dann aus dem Bad kam, tat sie ein bisschen erschrocken. Sie spiele anderen gerne etwas vor, hat sie mir nachher erzählt, damit eine Beziehung nicht so eintönig und langweilig wird. Dann machten wir es uns auf der Couch gemütlich.

Sie hatte sich nur ein Handtuch umgewickelt. Auf den Schultern, den Armen und den Beinen perlten noch die Wassertröpfchen. Die durfte ich wegküssen, eines nach dem anderen. Danach war sie müde und ging ins Bett. Von da aus schaute sie mir noch ein paar Minuten lang zu, als ich die Bücher ins zweite Regal räumte.

Die ganze erste Woche ging es so, zu tun gab es immer etwas. Und ich habe es gern getan, ich habe jede Minute genossen, die ich in Vanessas Nähe verbringen durfte. Gerti hat es nicht mitbekommen, dass ich jede Nacht aus der Wohnung schlich. Auch sonst hat keiner was bemerkt. Zuerst hatte ich ja noch Angst, dass mir mal im Treppenhaus einer über den Weg läuft. Aber andererseits hätte ich da wohl schnell eine Ausrede gefunden, schließlich bin ich hier der Hausmeister. Da kann ich zu jeder Zeit in jedem Stockwerk sein, um irgendwas zu kontrollieren oder zu reparieren.

Es war eine herrliche Zeit. Da war so viel Spannung zwischen uns. Immer wenn ich kam, spielte Vanessa mir was vor. Zuerst tat sie, als ob sie mich noch gar nicht bemerkt hätte, obwohl sie genau wusste, dass ich bereits hinter der Tür stand oder hinter der Couch hockte. Dann gab sie sich erschreckt oder sogar entsetzt, stammelte irgendwas und machte Anstalten, aus dem Zimmer zu laufen.

Ich musste sie dann immer jagen, dreimal um den Tisch herum, bis ich sie packen und auf die Couch werfen konnte. Anschließend unterhielten wir uns dann lange darüber, dass sie gerne zum Theater gegangen wäre. Wenn ich ihr sagte, sie sei eine gute Schauspielerin, fühlte sie sich immer sehr geschmeichelt.

Und wenn ich sie nur anfasste, und mehr habe ich ja in der ersten Woche wirklich nicht getan, dann war das wie elektrischer Strom unter den Fingerspitzen. Ich glaubte, dass es immer so weitergehen würde mit uns, und natürlich noch weiter. Auf Dauer wollte ich schon etwas mehr. Aber das braucht Zeit, gerade bei einem Mädchen wie Vanessa. Ich stellte mir das so richtig schön vor. Wie ich mich an einem Abend der zweiten Woche mit dem Abwasch ein bisschen beeilen würde. Wie ich sie dann in ihr Bett tragen würde, wenn sie aus der Dusche kam. Die Wassertröpfchen nicht nur von den Schultern und den Beinen küssen.

Aber in der zweiten Woche hatte Vanessa Nachtschicht. Sie arbeitete in einem Schnellimbiss, um sich ihr Studium und den Lebensunterhalt zu verdienen, und nahm die Schichten immer so, wie sie sich am besten mit den Vorlesungen vereinbaren ließen, hat sie mir erzählt. Und tagsüber war sie ja an der Universität, vormittags jedenfalls, und nachmittags traf sie sich dann noch regelmäßig mit ein paar Kommilitonen. Sie hat mir sogar erklärt, dass das ebenfalls Studenten sind, weil ich mit dem Ausdruck nichts anfangen konnte und doch ein kleines bisschen eifersüchtig wurde.

Aber ich hatte natürlich Verständnis dafür, dass wir uns in der zweiten Woche nicht sehen konnten. Um ehrlich zu sein, es kam mir nicht völlig ungelegen. Ein paar Nächte wieder richtig durchschlafen, nicht nur die paar Stunden gegen Morgen, das konnte ich schon gebrauchen. Ich war doch etwas erschöpft.

In den ersten fünf Nächten hätte mich nicht einmal eine Kanone aufwecken können. Gerti wunderte sich und meinte, das käme von der Hitze. Ich grinste nur und gab ihr Recht. Vielleicht hatte sie sogar Recht. Es war sehr heiß, und obwohl ich mich nicht für Vanessa verausgabte, war es eine harte Woche.

Drei Auszüge von langjährigen Mietern. Da musste ich gleich in drei Wohnungen die alten Teppiche komplett entfernen und neue verlegen. Und in zwei Bädern waren die Wandkacheln beschädigt, die mussten auch erneuert werden. Abends war ich so müde, dass ich wie ein Stein ins Bett fiel und an gar nichts mehr denken konnte, auch nicht an Vanessa. Aber dann traf ich sie zufällig.

Das war am Donnerstag. Ich kam gerade mit einem Karton neuer Kacheln aus dem Lager, da trat sie aus dem Aufzug. Sonst war niemand in der Nähe. Da hatten wir zwei Minuten für uns. Aber Vanessa beherrschte sich meisterhaft. Sie warf nur einen Blick auf die Kacheln. Das Muster gefiel ihr so gut, auch die Farbe fand sie toll. Die würden sich bestimmt auch in ihrem Bad gut machen, meinte sie. Ich nahm sie noch kurz mit hinauf in eine der Wohnungen, damit sie sah, wie das Muster an der Wand wirkte. Vanessa war hellauf begeistert.

Dann überlegte ich mir, dass ich für das kleine Bad in ihrer Wohnung ja nur ein paar Kartons brauchte, dass sich da bestimmt etwas machen ließe. Ich wollte sie damit überraschen. Noch am gleichen Nachmittag maß ich nach, sie war ja nicht daheim. Gegen sieben, als es im Treppenhaus ruhig wurde, schaffte ich die Kartons in Vanessas Wohnung. Ich stellte sie hinter einen der Sessel im Wohnzimmer, damit sie nicht gleich so ins Auge fielen. Am nächsten Tag wollte ich dann anfangen.

An dem Abend war ich wirklich so kaputt. Gleich nach dem Essen legte ich mich auf die Couch, aber später lag ich neben Gerti im Bett und kam nicht zur Ruhe. Die ganze Zeit geisterten mir die neuen Kacheln durch den Kopf und wie Vanessa sich darüber freuen würde, und wie sie sich dann bei mir bedankte. Dass sie es vielleicht zum Anlass nehmen würde, mir zum ersten Mal wirklich alles zu geben, mir einmal richtig zu zeigen, wie sehr sie mich liebte. Das ließ mich nicht los, ich konnte nicht liegen bleiben.

Ich hatte mir vorgenommen, die alten Kacheln einfach zu überkleben, aber dafür mussten sie sauber sein. Und da dachte ich, dass ich sie vielleicht in der Nacht schon abwaschen könnte. Macht ja keinen Lärm, nicht wahr? Und dann wäre morgen früh schon die Vorarbeit geleistet.

Und da bin ich dann hinauf in ihre Wohnung. Mir hatte sie gesagt, sie habe Nachtschicht und sei auch tagsüber nicht da. Aber schon als ich die Wohnung betrat, hörte ich sie reden. Die Tür zum Schlafzimmer war angelehnt, sehen konnte ich sie nicht, aber deutlich verstehen, was sie sagte.

Von wegen Überraschung. So gut kannte sie mich inzwischen schon, sie wusste genau, dass ich alles für sie tun würde. Sie sprach über die

neuen Kacheln für ihr Bad und dass sie alle Hebel in Bewegung setzen wollte, auch noch einen
neuen Teppich für das Schlafzimmer herauszu-
schinden. Und dass sie sich das nicht selbst erzählte, war mir schon klar. Dieser schlaksige
Typ war bei ihr. Dem hatte ich ja gleich nicht ge-
traut.

Wenn ich jetzt so in Ruhe darüber nachdenke,
dann weiß ich natürlich, warum Vanessa mich
in der zweiten Woche nicht treffen wollte. Sie
musste wohl erst einmal für klare Verhältnisse
sorgen und diesen Jüngling abwimmeln. Ich
weiß auch, warum sie diesem Burschen gegenüber ein paar abfällige Bemerkungen über mich
und unsere Gefühle füreinander machte.

Sie behauptete, anfangs hätte sie panische
Angst gehabt, weil doch auch die Nachbarn ein
paar üble Geschichten über mich verbreitet hätten. Speziell die Dicke von nebenan hätte sie ge-
warnt. Sie solle sich ein anderes Schloss ein-
bauen lassen oder eine Sperrkette montieren.
Sonst könnte es passieren, dass ich plötzlich
nachts in ihrem Schlafzimmer stehe. Und als ich
dann tatsächlich aufgetaucht sei, sei sie vor
Angst fast gestorben.

Aber sie würde nicht umsonst Psychologie studieren. Sie hätte die Situation genau richtig bewältigt. Und irgendwie würde es sie reizen, mit einem Psychopathen umzugehen. Sie hätte mich jetzt auch gut im Griff, weil ich einen Hang zur Pedanterie hätte. Natürlich sei ein gewisses Risiko für sie dabei, doch damit käme sie schon klar. Für den Notfall hätte sie ein Messer unter dem Kopfkissen.

Der Typ wollte, dass sie ihm das Messer zeige. Natürlich hatte sie keines. Sie sagte, sie würde es gleich holen, wenn er geht. Es war wirklich bitter, sich das alles ruhig mit anhören zu müssen. Aber sie konnte diesem Blödmann schließlich nicht die Wahrheit über unser Verhältnis sagen. Er drängte ohnehin darauf, dass sie die Wohnung wieder kündigte. Sie sei hier ihres Lebens nicht mehr sicher, behauptete er. Der Bursche hätte ja glatt für einen Skandal gesorgt. Am Ende hätte ich noch meinen Posten verloren. Vanessa wusste das.

Im ersten Augenblick kam ich gar nicht darauf, dass sie nur überaus klug taktierte, um den lästigen Bengel abzuwimmeln. Da war ich schon wütend, wie vor den Kopf gestoßen, weil sie mich mit der Nachtschicht belogen hatte und dann solche Sachen über mich sagte. Psychopath!

Ich setzte mich ins Wohnzimmer und wartete, bis der Typ ging. Das tat er erst kurz vor sechs. Wirklich ein aufdringlicher Mensch. Bevor er endgültig die Tür hinter sich zuzog, musste ihm Vanessa noch dreimal versichern, dass sie auf sich aufpasse und bei jeder Art von Handgreiflichkeit die ganze Nachbarschaft zusammenbrüllen werde. Als ob ich ihr jemals ein Haar gekrümmt hätte.

Sie ging ins Bad, nachdem der Bursche endlich verschwunden war. Ich folgte ihr. Sie war so schön, so grazil und unschuldig, wie sie da vor dem Spiegel stand. Ein wenig erschrocken, als ich plötzlich in der Tür auftauchte. Aber ich wollte ihr doch nur sagen, wie sehr ich sie liebe und dass ich wirklich alles für sie tun würde. Aber dass sie nie wieder solche Dinge über mich sagen darf und dass sie mir jetzt einmal zeigen muss, was sie wirklich für mich empfindet, dass auch sie mir das Letzte geben muss. Das hat sie dann getan.

Sie konnte wohl selbst nicht mehr länger darauf warten, war so leidenschaftlich, wie ich es mir nie zu träumen gewagt hätte. Wir liebten uns gleich auf dem Fußboden im Bad. Vanessa glühte förmlich, krallte ihre Finger in meinen Nacken, trommelte mit den Fäusten auf meinen Rücken, stemmte die Fußsohlen auf den Boden und drückte sich mir entgegen, dass ich Schwierigkeiten hatte, mich auf ihr zu halten.

Sie schlug in ihrer Erregung sogar immer wieder mit dem Kopf auf den Boden. Und dabei gab sie Töne von sich, also wirklich. Gerti hat das ja nie gemacht, nicht mal ein bisschen gestöhnt. Dabei hätte ich das gerne gehört. Es zeigt doch, dass die Frau auch ihren Spaß an der Sache hat.

Na ja, Vanessa hatte jedenfalls Spaß. Ich dachte schon, sie wolle das ganze Haus aufwecken, und hielt ihr vorsichtshalber den Mund zu. Musste ja nicht gleich alle Welt erfahren, dass wir uns liebten.

Danach war sie so erschöpft, dass sie alleine gar nicht aufstehen konnte. Ich trug sie hinüber in ihr Schlafzimmer. So wie ich es mir immer vorgestellt hatte, legte ich sie auf ihr Bett und liebte sie gleich noch einmal, bis zur völligen Erschöpfung. Vanessa schlief danach gleich ein. Sie erwachte auch nicht, als ich die Wohnung verließ. Und als ich am nächsten Tag kurz nach ihr schaute, schlief sie noch immer.

An dem Freitag wollte ich eigentlich mit ihrem Bad anfangen, aber ich wollte sie nicht stören. Nach einer so leidenschaftlichen Nacht brauchte sie ihren Schlaf. Deshalb legte ich mich auch nicht dazu, obwohl es mich schon gereizt hätte. Und was das Bad anging, aufgeschoben ist ja nicht aufgehoben. In der Nacht wollte ich dann noch einmal in ihre Wohnung gehen.

Aber ausgerechnet in der Nacht hat Gerti etwas gemerkt. Ich war noch nicht aus dem Schlafzimmer, als sie sich im Bett aufrichtete. Sie begann ein richtiges Kreuzverhör. Wo ich denn um die Zeit hinwill? Ich soll mir nur nicht einbilden, sie hätte bisher nichts bemerkt. Wo ich mich denn immer herumtreibe, ob ich denn gar nicht merke, wie die Leute hinter meinem Rücken über mich herziehen, weil ich angeblich hinter den jungen Mädchen her bin wie der Teufel hinter der armen Seele. Und ob mir die Sache vor zwei Jahren denn nicht reiche. Ob es denn erst noch ein Unglück geben müsse. Und immer so weiter.

Das ist jetzt schon ein paar Tage her. Und ich musste natürlich ein bisschen vorsichtig sein. Obwohl mir das wahrhaftig nicht leicht gefallen ist und ich zeitweise das Gefühl hatte, die Sehnsucht nach Vanessa bringt mich noch völlig um den Verstand, habe ich ein paar Nächte lang treu und brav neben Gerti gelegen.

Auch mit dem Bad in Vanessas Wohnung habe ich leider noch nicht anfangen können. Aber es wird allerhöchste Zeit. In der vergangenen Nacht war ich kurz bei ihr. Da habe ich gesehen, dass die Kacheln ziemlich dreckig sind. Alles voll dunkler Spritzer, sehen fast schon schwarz aus.

Nun, ich werde sie abschrubben, überkleben und neu verfugen, dann sieht kein Mensch mehr etwas davon. Den Fußboden muss ich auch gründlich reinigen. Wo sie mit dem Kopf aufgeschlagen ist, sind ein paar sehr hässliche dunkle Flecken und drum herum alles voller Spritzer, manche reichen bis zur Tür. Nach der ganzen Zeit sind die auch längst getrocknet, die größten werde ich wohl mit einem Messer abkratzen müssen, ehe ich aufwischen kann. Und allmählich wird es auch Zeit, dass ich Vanessa zudecke. In der vergangenen Nacht fiel mir auf, dass es im Schlafzimmer doch schon stark riecht.

Petra Hammesfahr, 1952 geboren, lebt als Schriftstellerin und Drehbuchautorin in Kerpen bei Köln. Ihr Roman *Der stille Herr Genardy* wurde in mehrere Sprachen übersetzt und erfolgreich verfilmt.

Die Sünderin *Roman*
416 Seiten. Gebunden
Wunderlich und als
rororo 22755
Ein Sommernachmittag am See: Cora Bender, Mitte Zwanzig, macht mit ihrem Mann und dem kleinen Sohn einen Ausflug. Auf den ersten Blick eine ganz normale Familie, die einen sonnigen Tag genießt. Doch dann geschieht etwas Unvorstellbares ...
«Ein Buch, das auch nach der letzten Seite noch in der Seele schmerzt.» *Freundin*

Der Puppengräber *Roman*
(rororo 22528)

Lukkas Erbe *Roman*
(rororo 22742)
Der geistig behinderte Ben, der «Puppengräber», wurde im Sommer '95 verdächtigt, vier Mädchen aus seinem Dorf getötet zu haben. Nach einem halben Jahr Klinikaufenthalt kehrt Ben verstört zu seiner Familie zurück. Sofort breitet sich Misstrauen unter den Dorfbewohnern aus.

Das Geheimnis der Puppe
Roman
(rororo 22884)

Meineid *Roman*
(rororo 22941 / März 2001)
«Spannung bis zum bitteren Ende.» *Stern*

Die Mutter *Roman*
400 Seiten. Gebunden
Wunderlich
Vera Zardiss führt ein glückliches Leben: Mit ihrem Mann Jürgen ist sie vor Jahren in eine ländliche Gegend gezogen. Mit den Töchtern Anne und Rena wohnen die beiden auf einem ehemaligen Bauernhof. Die heile Welt gerät ins Wanken, als Rena kurz nach ihrem 16. Geburtstag plötzlich verschwindet ...

Der stille Herr Genardy *Roman*
(Wunderlich Taschenbuch 26223)

Der gläserne Himmel *Roman*
(rororo 22878)

«Eine deutsche Autorin, die dem Abgründigen ihrer angloamerikanischen Thriller-Kolleginnen ebenbürtig ist.» *Welt am Sonntag*

Weitere Informationen in der **Rowohlt Revue**, kostenlos in Ihrer Buchhandlung, oder im **Internet: www.rowohlt.de**

«**Rita Mae Brown** trifft überzeugend und witzig den Ton ihrer Protagonistinnen und schreibt klug ein Stück Frauengeschichte über Frauen, die ihr Leben selbst bestimmt haben.» *Die Zeit*

Venusneid *Roman*
(13645)

Herzgetümmel *Roman*
(12797)

Jacke wie Hose *Roman*
(12195)

Die Tennisspielerin *Roman*
(12394)

Goldene Zeiten *Roman*
(12957)

Rubinroter Dschungel *Roman*
(12158)

Wie du mir, so ich dir *Roman*
(12862)

Bingo *Roman*
(22801)

Galopp ins Glück *Roman*
(rororo 22496 und als gebundene Ausgabe)

Rubinrote Rita *Eine Autobiographie*
Deutsch von Margarete Längsfeld. Illustrationen von Wendy Wray
288 Seiten. Gebunden und als rororo 22691

Rita Mae Brown /
Sneaky Pie Brown
Tödliches Beileid *Ein Fall für Mrs Murphy. Roman*
Deutsch von Margarete Längsfeld. Gebunden und als rororo 22770

Herz Dame sticht *Ein Fall für Mrs. Murphy. Roman*
Deutsch von
Margarete Längsfeld.
Mit Illustrationen von
Wendy Wray. 320 Seiten.
Gebunden und als
rororo 22596

Ruhe in Fetzen
Ein Fall für Mrs. Murphy. Roman
(13746)

Schade, daß du nicht tot bist
Ein Fall für Mrs. Murphy. Roman
(13403)

Mord in Monticello *Ein Fall für Mrs. Murphy. Roman*
(22167)

Virus im Netz *Ein Fall für Mrs. Murphy Roman*
(rororo 22360 und als gebundene Ausgabe)

Petra Oelker
Tod am Zollhaus *Ein historischer Kriminalroman*
(rororo 22116 und als Großdruck 33142)
Mit ihrem ersten Roman um die Komödiantin Rosina eroberte Petra Oelker auf Anhieb die Taschenbuch-Bestsellerlisten.

Der Sommer des Kometen
Ein historischer Kriminalroman
(rororo 22256 und als Großdruck 33153)
Hamburg im Juni des Jahres 1766: im nahen Altona sterben kurz nacheinander drei wohlhabende Männer unter seltsamen Umständen. Und wieder nimmt sich die Schauspielerin Rosina mit ihrer Truppe der Sache an.

Lorettas letzter Vorhang
Ein historischer Kriminalroman
(rororo 22444)
Hamburg im Oktober 1767: Zum drittenmal geht Rosina gemeinsam mit Großkaufmann Herrmann auf Mörderjagd.

Die ungehorsame Tochter *Ein historischer Kriminalroman*
(rororo 22668)

Die zerbrochene Uhr *Ein historischer Kriminalroman*
(rororo 22667)

Neugier *Bibliothek der Leidenschaften*
(rororo thriller 43341)

PETRA OELKER
Die ungehorsame Tochter
EIN HISTORISCHER KRIMINALROMAN

«Eigentlich sind wir uns ganz ähnlich» *Wie Mütter und Töchter heute miteinander auskommen*
(rororo sachbuch 60544)

Petra Oelker u. a.
Der Dolch des Kaisers *Eine mörderische Zeitreise*
(rororo thriller 43362)
Petra Oelker, Charlotte Link, Siegfried Obermeier, Thomas R. P. Mielke u. a. beschreiben die unheilvolle Reise eines Dolches durch die Jahrhunderte, in denen er seinen Besitzern Mord, Verrat und Totschlag bringt.

Petra Oelker (Hg.)
Eine starke Verbindung *Mütter, Töchter und andere Weibergeschichten*
(rororo 22752)
Die Geschichten namhafter Autorinnen erzählen von Erlebnissen mit der anderen Generation.

Weitere Informationen in der **Rowohlt Revue**, kostenlos in Ihrer Buchhandlung, und im **Internet: www.rororo.de**

rororo

«Wenn jemand die Nachfolge von P. D. James antritt, dann **Laurie R. King.**»
Boston Globe

Die Gehilfin des Bienenzüchters
Kriminalroman
(13885)
Der erste Roman einer Serie, in der Laurie R. King das männliche Detektivpaar Sherlock Holmes und Dr. Watson durch eine neue Konstellation ersetzt: dem berühmten Detektiv wird eine Assistentin – Mary Russell – zur Seite gestellt. «Laurie King hat eine wundervoll originelle und unterhaltsame Geschichte geschrieben.» *Booklist*

Tödliches Testament
Kriminalroman
(13889)
Die zweite Russell-Holmes-Geschichte.

Die Apostelin *Kriminalroman*
(22182)
Mary Russell und Sherlock Holmes, der wohl eingeschworenste Junggeselle der Weltliteratur, haben geheiratet. Aber statt das Familienidyll zu pflegen, ist das Paar auch in dem dritten Band über den berühmten Detektiv und seine Assistentin wieder mit einem Mordfall beschäftigt. «*Die Apostelin* ist ein wundervolles Buch. Ich habe diesen Roman geliebt.» *Elisabeth George*

Tödliches Testament
Kriminalroman
(13889)

Die Farbe des Todes *Thriller*
(22204)
Drei kleine Mädchen sind ermordet worden. Kein leichter Fall für Kate Martinelli, die gerade erst in die Mordkommission versetzt wurde und noch mit der Skepsis ihres Kollegen Hawkin zu kämpfen hat.

Die Maske des Narren
Kriminalroman
(22205)
Kate Martinelli und Al Hawkin übernehmen ihren zweiten gemeinsamen Fall.

Geh mit keinem Fremden
Kriminalroman
(22206)

Die Feuerprobe *Roman*
Deutsch von Eva Malsch und Angela Schumitz
544 Seiten. Gebunden.
Wunderlich und als
rororo 23130

Weitere Informationen in der **Rowohlt Revue,** kostenlos im Buchhandel, und im **Internet:**
www.rororo.de